最後の挨拶

His Last Bow

小林エリカ

最後の挨拶

His Last Bow

最後の挨拶

His Last Bow

「ねえ、ワトスン、やはり昔のままだね！　変化してやまない現代にあって、いつでも、どっしりとして変わらないのは君だけさ。でも、やはり東風《こち》は吹いているのだ。」

――『シャーロック・ホームズ最後の挨拶』

リブロが生まれたのは、南西の風が吹く、寒い日の朝だった。

父はその日のために真新しい白いトヨタのミニバンを購入した。車には緑色のラインが入っていた。

きょうから我が家は、六人家族になるのだから。

父がエンジンをかける。リブロの姉になる三人がそこへ乗り込んだ。

新宿にある病院へ向かう。

病室は四人部屋だった。クリーム色のカーテンが吊るされたベッドの上で、母は目を開けたまま横になっていた。

姉たちが頼みこむと、母は寝転んだまま寝間着の裾を捲り、腹の縫い傷を見せてくれた。

臍から下方へ向かって縦に赤く裂けたような傷があり、そこが左右に糸で縫われていた。

姉たちが凄い痛そうと声をあげると母は、切り裂きジャックにやられるよりはずっとましし、と冗談を言った。

赤子は逆子だったため、出産は全身麻酔の帝王切開手術になったのだという。

ガラス張りの新生児室を訪れると、金属製のラックがずらりと並び、その中にひとりずつ赤子が入っていた。

まだそこにはどれも、名字しか書かれていない。


姉たちがラックの周りを取り囲み、おそるおそる赤子の顔を覗きこむ。

この子の名前は？

この子の部屋の絨毯の色はグリーンだから、それにぴったりな名前がいい。

男の子だったらアロエか松がいいと思っていたんだけど。

でも女の子だからヒイラギなんてどうだろう。
姉たちの後ろから、父が赤子の顔を覗きこむ。
顔のところどころにはまだ胎脂がついている。頬には黄金色の産毛が揺れていた。
赤子の瞳は膜が張ったような黒色。
その目に映る世界が、刻まれる。
ただそこはまだ、深くて白い霧に包まれている。
ちょうどあの物語の世界と、おなじように。

○

リブロが子供時代を思い出すときまっさきに浮かぶのは、父の膝の上。

牡丹模様の毛羽立った毛布が掛けられた炬燵に、父もリブロも足を突っ込んでいる。炬燵からはいつも埃が焦げた匂いがして、薄ぼんやり赤い光に包まれた内側にはなぜかいつも片方だけの靴下だとか乾燥しきった蜜柑の皮なんかが落ちたままになっていた。天板の上には、チョコレート、せんべいやかりん糖の袋が散らばっている。それから出しっぱなしの醬油瓶。その隙間をかきわけるように父が本をひろげ、それを懸命に読んでいる。

父は本を指差してみせる。

この言葉はもうずっとむかしに、書かれたものだ。

百年ちかく前のイギリス。

これを書いた人も、これが書かれたときに生きていた人たちも、もう死んでしまって、この世にいない。

リブロはまだ文字を読むことができなかったが、そこに書かれたアルファベットを見つめる。

父はマッチを擦ってパイプに火を点ける。

それから大きく息を吸い込みながら、左手の指でページの文字をなぞってみせた。

そこには緑色の石の指輪が嵌っている。

さあ。

リブロは父の指先の動きを目で追いかける。

よく見ていてご覧。

小さな黒い文字が、ひとつずつ指先の中へ吸い込まれてゆく。

リブロはそれを凝視する。

文字が、言葉たちが、父の身体の中へ入りこむ。

パイプと唇からは白い煙と甘い匂いが立ち昇る。

父がゆっくりと右手を動かしてみせる。

深爪しすぎた親指は、白っぽく粉を吹いている。そこに握られているのは、小豆色の4Bの鉛筆。

鉛筆はゆっくりと滑り出し、文字たちが零れだす。

ひらがなと片仮名と漢字がばらばらと落っこちて、深緑色の升目に一文字一文字収まりながら、文字が、言葉になってゆく。

母が右手の人差し指にグリーンのゴムサックをはめた格好でやってくる。

父が声をあげる。

ワトスン、まったくいいところへ来てくれた。

母は炬燵に足を突っ込みながら、原稿用紙を一瞥する。

そこはもうきのうわたしが訳した箇所じゃないと文句を言いながら、そこにある言葉たちを読み上げる。

リブロはその声に、言葉に、耳を澄ます。

あたりには深くて白い霧がたちこめはじめる。

車のかわりに辻馬車が走りだし、蛍光灯のかわりにガス燈がまたたいた。

日が沈むことのない大英帝国。

ビッグベンの鐘が鳴り、窓からはバケツの小便がぬかるんだ道路へ向かってぶちまけられる。
ロンドン、ベーカー街、221B。
たちまちリブロがいるこの部屋は、ヴィクトリア時代のロンドンにはやがわりした。
炬燵は丸テーブルに、蜜柑の皮はクロスになった。
きっかり十七段ある階段を昇ってゆく。
マントルピースには手紙がナイフで突き刺され、暖炉では赤々と火が燃えている。
コカインの注射器と、ペルシアスリッパに詰め込まれた刻みタバコ。
ソファの上にはストラディバリウスのバイオリン。
そこでは、もうとっくのむかしに死んでしまった人たちが、みんな生きていた。
リブロの目の前、ここに、生きていた。

＋

「こちらワトスン先生。シャーロック・ホームズさんです」
「はじめまして」彼はていねいに挨拶すると、思いがけず強い力でわたしの手を握りしめた。「アフガニスタンにおられたのでしょう?」

父と母が共にやっていたのは、翻訳という仕事だった。

本のページから原稿用紙の上に、英語から日本語に置き換えられていたのは、アーサー・コナン・ドイルの「シャーロック・ホームズ」物語。全六十篇。シャーロック・ホームズ愛好家、シャーロッキアンからは、聖書に倣い聖典と呼ばれるもの。

聖典。

Canon《キャノン》。

それは、コナン・ドイルのConan《コナン》のアナグラムでもある。

病院はまだ深夜なのに、緊急の病人たちやその家族や関係者たちでごった返していた。

薬の匂い。蛍光灯の光。白衣を着た医師や看護師が早足で歩いている。

リブロが生まれてから三十年あまりの時が経ち、いま病院のベッドには父がいた。

目を閉じたままの格好で。

父が板橋にある大学付属病院へ運ばれたのは深夜三時を過ぎたときのことだった。

夕方から嘔吐を繰り返した末、父は洗面器を抱えたまま二階の部屋で意識を失ったのだった。

そのグリーンの絨毯の部屋の棚の上では、リブロが置いていった縫いぐるみたちが埃をかぶって並んだまま、その様子を見下ろしていた。

救急車はすぐにやってきたが、玄関から廊下にかけて本が積み上げられすぎていたので担架を運び入れることができず、やむなく消防車まで呼ばなければならなかった。人間がいまこの瞬間死にかけているというのに、消防隊員がわざわざやってきてまずやらなければならないのが本を掻き分けることだなんて、馬鹿げている。けれど、母も消防隊の男たちも、とにかく必死になって、本を両手に抱えてそれを運んだ。

結局、大の大人たちが四人がかりで、二十分ほど本を掻き分けた末、ようやく担架に乗せられた父の身体が、積み上げられた本の隙間を通って階段を降り、家の外へ運び出されたのだった。

＋

リブロは枕元で光る携帯電話の液晶と振動で目が醒めた。

深夜にかかってくる母からの電話は、不吉な知らせに違いなかった。

父が病院へ運ばれたこと、病院の場所を聞き、リブロは手首にペンでメモを書きつけた。

フローリングの床に脱ぎ散らかしていたワンピースをそのままかぶり、コートを羽織ると、長い髪を梳かしもせずに外へ出た。

霧雨が降っていた。

リブロがひとりで暮らすアパートは、吉祥寺の駅から離れた場所にあったので薄暗く、人気も車通りも殆どなかった。

大通りへ出てから、眩しいほど明るいコンビニへ駆け込むと、菓子パンとペットボトルのお茶を山程買い込んだ。

なぜコンビニに寄ったのか、しかもなぜそんなものを買ったのか、リブロは自分でもよくわからなかった。

こんなときに朝食の心配をしている自分が馬鹿馬鹿しかった。

「頭脳パン」と書かれたピンクのパッケージがどっさり詰まったビニール袋を抱え、タクシーに乗り込んだ。

ふと見ると、手首の文字はすっかり滲んで伸びていた。

タクシーは夜中の環八通りを、北へ向かってまっすぐ走る。

窓に雨粒が跡をつけては、落下し消えた。

＋

病院へ到着すると、待合には母と三人の姉たちが、もう集まっていた。

リブロは、ストレッチャーに載せられている父を見た。点滴を繋がれ、柵には導尿のためのビニールバッグがぶら下がっていた。

父はただの肉の塊になってしまったみたいに見えた。

やたらと大きな鼾の音だけがその喉の奥から漏れている。

リブロが母と一緒に、担当医からの説明を受けた。

蛍光灯のライトボックスに、父の頭のＭＲＩ写真が何枚も貼られていた。

脳内に出血しているので、頭蓋骨に穴を開けて血を抜く必要がある。

おそらく助かる確率は低いです。

もし手術が成功しても、植物状態になるかもしれません。

リブロは、その発光するＭＲＩ写真を見ながら、これが父の頭の中なのかと思った。

前頭葉。頭頂葉。側頭葉。後頭葉。小脳。脳幹。

この中に、ここに、父が生まれてからこれまで、見た光景が、聞いた声が、話した言葉が、触れたものたちが、ひとつのこらず、全て刻まれているのだ。

脳の中に血が溢れる。押し寄せた血が、そのひとつひとつを、呑み込んでゆく。

刻まれたものたちが、侵食され、破壊される。

過去が失われてゆく。

リブロは大きく目を見開く。
血が溢れている部分が、黒い影のように見えた。
隣で、母が何枚もの書類にサインをしている。
担当医の説明が終わって、待合へ戻ると、ひとりの背の曲がった女の人が泣いていた。
その人は小豆色のチョッキを着て、白髪の髪を明るい茶色に染めていた。
白衣を着た医師が、その人に告げていた。
もう頭蓋骨の中は血で溢れています。今から切っても助からないでしょう。
女の夫もまた脳出血でこの病院へ運ばれてきたのだろう。
女はわっと声をあげてから、医師にとも、誰に向かってともなく、小さく呟いた。
あの人、わたしのこと、ただの一度も、名前で呼んでくれたことが、なかったんです。
窓の向こうで空が白み、夜が明けかけていた。

リブロは待合で、ただひたすら「頭脳パン」を貪るように食べ続けた。それを呑み込みながら、ちょうど前日に父から掛かってきた電話を折り返さなかったことを思い出す。

母にも、姉たちにも、「頭脳パン」を配ったが、だれもそれに口をつけようとはしなかった。

ひたすらブルーのビニールソファに腰掛け、手術が終わるのを待つ。

パパの頭蓋骨に穴を開けるなんて。

姉たちが口々に言う。

母が、でも頭を銃で撃ち抜かれるよりはずっとまし、と冗談を言う。

病院の窓の向こうで雨は激しくなっていた。ここは三階だったので、下を見下ろすと、アスファルトの地面に波紋のように雨粒の模様が広がるのが見えた。

父はこのまま死んでしまうだろうか。

○

父が生まれたのは、一九二九年、昭和四年。真白な雪がまだ残る三月のことだった。

青森県弘前の小さな木造の一軒家。庭に面した畳敷きの一室の窓は、湯を沸かす温かな湯気で真白く曇っていた。

男の子が、生まれたよ！

口々に囁かれる女たちのその言葉は、声は、しかし父自身のあまりにも大きな泣き声でかき消され、耳には届かない。


母である祖母の胸に抱かれた赤子がゆっくりと目をあける。

父である祖父が、おそるおそる赤子の顔を覗きこむ。

赤子の瞳に、光が映る。

母の声。父の声。

雪の音。風の音。

熟れたような乳の匂い。張り替えたばかりの畳の匂い。

柔らかな布に包まれる感触。温かな湯に浸かる感触。

その目に映る世界が、その耳に聞こえる音が、その鼻に届く匂いが、その皮膚に触れる感触が、ひとつひとつ小さな身体の中へ入りこみ、刻まれてゆく。

父が生まれたのは、代々続く医者の家であった。

祖父の実家がある愛知県拾石には六寸ほどの小さな薬師如来像が伝わっていた。その如来像は海から流れ着いたとか、地面の下から掘り出されたのだとか、諸々謂れはあったがだれも正確なところはわからなかった。

いずれにしても、祖父の父も父もそのまた父もみんな医者であった。とはいえ、貧しい田舎の町医者だったためまともに医学部へ遣れるような金はなく、祖父は陸軍委託生として金沢医専へ進み軍医になったのだった。十代目の医者である。専門はレントゲンと内科。

弘前へは弘前陸軍病院附で赴任していた。外科病室附兼レントゲン科主任。取り組んでいた論文は「兵の心臓に関するレントゲン的研究」。

祖父は、潔癖のけがあったので、赤子が寝ている部屋のあちこちを何度もアルコールで消毒した。赤子が口に含む、母である祖母の乳首さえ消毒させた。

祖父は、やがてこの赤子が成長し、十一代目の医者になるのだ、と考えた。それから赤子を抱くかわりに、金沢医専時代に買ったイーストマン・コダックの写真機を構えて向けた。

赤子は白いレース編みの帽子と、白いおくるみに包まれている。

ソファにはバラ模様の布が掛けられている。

シャッターを切る。

光が、まだ赤子の父の姿が、ガラスの写真乾板に刻まれる。

＋

同じ頃、遥か遠くイギリス、サセックス州クロウバラでは、シャーロック・ホームズ物語を完全に書き終えた七十歳のコナン・ドイルが幾度目かの心臓発作を起こしていた。

ドイルはいままさに、死に向かいつつあった。

翌年、彼はクロウバラの自宅で、逝くことになる。

蔦が生い茂る窓の向こうには、再婚した妻が造ったバラ園が広がっていた。

晩年、心霊主義に没頭していたドイルにとっては、しかしその死もまた、「次の世界に移ったにすぎない」ということになる。

○

この子の名前は、リブロ。

エスペラント語で〝本〟という意味。

病院から家へ連れ帰られた赤子は、三人の姉たちの予想を悉く裏切り、リブロという名前を与えられたのだった。

モモ、アジサイ、ユズ、それからリブロ。

四人姉妹というのは、「若草物語」の如く、その名前には統一感があるべきだ、というのが姉たちの主張であった。

けれどそもそも、リブロだけが、植物じゃあない。

すると父も母も大真面目に言うのであった。

本は木からできている。まさに、ぴったりじゃないか！

家は東京郊外、練馬のキャベツ畑の真ん中にある木造の一軒家だった。

練馬というその名のとおりかつては馬が居た場所だったが、戦時中は陸軍の成増飛行場が、戦後は占領軍によるグラントハイツがあった場所である。

家は中古だったが、裏庭と前庭、車用のガレージまでついていた。庭にはイチジクと柿の木が植えられていた。間取りは五部屋に、居間と台所。なかなかの広さの日本家屋だった。

窓は障子で、戸は引き戸だったが、全部の部屋の畳の上には、絨毯が敷き詰められた。畳を張り替えるのは高くつくからである。

絨毯は、店にある限りの一番安いものを買ったので、部屋ごとにちぐはぐな色になったが、三人の姉たちは、それぞれがそれぞれの名前にふさわしい絨毯の部屋を──長女のモモはピンク、次女のアジサイはブルー、三女のユズはイエロー──選んだ。

とはいえ、はじめは鮮やかだったその絨毯の色も、たちまち本と埃に覆われ見えなくなり、やがてそれはただの部屋の呼び名としてのみその名を留めることになったのだった。

＋

潔癖だった祖父とは真反対に、父は部屋を掃除することも、掃除させることも一度もなかったし、耳垢さえ取りもしなかった。

母はしかしそれを特に気にする様子もなかった。部屋を整えることにも、身なりをきちんとすることにさえ、全く興味がなかったからである。

父はいつもディアストーカーを被り、山程ポケットがついたジャケット――そこに赤青えんぴつや、消しゴム、ルーペなんかをしのばせている――に底が抜けかけた黒いつっかけ姿。

母が化粧をすることは皆無で、指紋と汚れだらけの分厚い眼鏡をかけ、指にはグリーンのゴムサックを嵌め、黒い被りのワンピース姿で髪をひっつめていた。

ふたりは心ゆくまで本を買いこみ、それをあちこちに積み上げた。

リブロには姉たちが交代で哺乳瓶のミルクを呑ませた。

三人の姉たちも、好きなだけ部屋を散らかした。無論、誰にも怒られなかった。

家庭訪問へやってきたアジサイの担当教師は、その家の汚さに唖然とし、本を踏んづけて歩くのを見ては失神しそうになっていた。

本を跨ぐだけでも罰があたるだろうに、と念仏を唱えてさえいた。

しかしそうでもしなければまっすぐに歩けないのだから仕方がない。

唯一の例外はユズだった。ユズだけはどうしたことか髪にリボンを飾り、几帳面に部屋を隅から隅まで掃除したので、そこだけは絨毯のイエローがくっきり見えた。

リブロが物心つく頃には、リブロの布団の周りにまでも本が堆く積み上げられていた。その真中に寝転び、窓から射し込む光の中を、埃がゆっくりと落下してゆくのを眺めた。大きく息を吸い込む。

リブロはその名前のとおり、本が好きな子どもに育った。

特に好きなのはその匂いであった。ほのかに甘い印刷インクと、湿って黴びた紙の匂い。こっそり本のページを開いては、ざらつく見返しに頬を擦りつけ、帯を撫でた。臙脂や群青の栞紐を噛むのも好きだった。栞紐を噛み続けてから舌の上にのせると、なぜかざらりと塩っぱい味がした。

リブロはそうしながら、本のページを開く。

そこに書かれている文字を指でなぞった。

黒い小さな文字が、リブロのまだ丸っこい指先の中へ一文字ずつ吸い込まれてゆく。

文字が、言葉たちが、リブロの身体の中へ入りこむ。

サイン

手術は六時間に及んだ。

父の頭蓋骨に穴が開けられ、血が除去される。

担当医師が手術室を出て待合へやってきたときには、もう昼食の時間をとっくにすぎていた。けれど、窓の向こうでは、未だ雨が降り続いていて、あたりは薄暗いままだった。

咄嗟に母が立ちあがる。姉たちもリブロも一緒になって立ちあがる。スカートからパン屑が落ちて、リノリウムの床に散らばった。

無事に手術が終わりました。

医師が告げた。

命は助かりました。

それを聞いてリブロたちはいっせいに、はじめて泣いた。

よかった。よかった。

たとえ父がどんなであっても構わない、とリブロは思った。生きていてくれるだけでいい。

ユズは泣きながら、床に落ちたパン屑を手拭きで拭いていた。


手術後の父が移された病室は、天井が高い六人部屋だった。

昼間だったが、蛍光灯の光が煌々とついていた。

父は一番手前のベッドに寝かされた。

リブロたちは、父を取り囲む。

その目が開くのを、じっと待つ。

アジサイはひたすらテキパキとパジャマやタオル、歯ブラシなんかの必要な持ち物リストをチェックし、ユズは外へ出て幼稚園の子どもの迎えを夫に頼むための電話をしていた。

ベッドの上で眠る父は、もういつもと変わらない様子にさえ見えた。

病室に戻ってきたユズが父の顔を覗きこみながら言った。

髪の毛もみんな剃ってなくなっちゃうんだと思ってた。

確かに父の頭頂部には癖で跳ね上がっている髪がそのままあった。

アジサイが鼻を鳴らして言った。

モリアーティ教授にはなり損ねたね。


父が目を開けた。

それからそのまま、むくりと起き上がったのだった。

背中が開いたままの手術着姿で、その首の後には小さな縫い傷がくっきり見えた。

母が慌てて電動ベッドの背を持ち上げ、腰に枕をあてた。

夕食が配膳される時間であった。

父はテーブルに置かれた食事を見ると、おもむろにそのピンク色のトレイを引き寄せた。右手に箸を持ち、がつがつとかきこむようにしてそれをひとつ残らず全部食べた。

ごはん、味噌汁、豚肉の生姜炒め、ほうれん草のおひたし、みかんゼリー。

何もかもがもとどおりになったかのようだった。

こんなにちゃんとご飯も食べれるなんて。きっと、すぐに、よくなる。

リブロは嬉しくて、思わず声をあげた。

母とアジサイは、嬉しすぎて泣いていた。

けれどモモだけは、楽観的ではなかった。

看護師だから、こういうことも見たことがあったのかもしれない。

食事を全部食べ終えると、父は左手をゆっくりと動かし虚空を撫でた。

どうしたの？

母が尋ねると、父はあたりまえのように言った。

子猫に餌をやらなくちゃ。

それはかつて、まだ幼い父が満州ハルビンの地で誕生日に買ってもらった子猫であるらしかった。

父はそれからふたたび目を閉じると、倒れ込むようにして小さく寝息を立て始めた。

＋

向かいのベッドからおもむろに男が、リブロのほうへ近づいてきた。

男は三十代はじめくらいの若さに見えた。きちんと撫でつけられた髪と身だしなみ、その手にはブリーフケースまで持っていて、寝間着姿にもかかわらず、まるで仕事中のサラリーマンみたいに見えた。

男は、すみませんが、と礼儀正しく前置きしてから、こちらへ向かって一枚の紙を差し出した。

これは、なんというのでしょうか？

その紙には四角く囲われた升目の中に、猫と、犬と、ウサギと、鳥の絵が描かれていた。

はじめ、リブロは、いったい何を尋ねられているのかが、わからなかった。

男は、これです、とウサギの絵を指差す。

その指の爪もきちりと切り揃えられていて清潔そのものだった。

……ウサギ。

リブロが答えると、ああ、そうでした、うさぎ、うさぎ、ありがとうございます、と言いながら、また礼儀正しく頭を下げ、自分のベッドの方へと戻っていった。

隣でそれを見ていたモモがリブロに耳打ちして教えてくれた。

あの人は、虫歯の膿が脳へ回って、言語野がやられてしまったらしい。言葉が思い出せないんだって。

果たしてモモがどこから仕入れてきた情報なのかわからなかったが、確かに、男は言葉が思い出せないようだった。

しかも、挨拶や身振り、文章は口をついて出るのに、その中にある単語だけが、抜け落ちている。

しばらくすると、ふたたび男が近づいてきて、今度は犬の絵を指差した。

犬。

リブロが答えると、ああ、そうでした、いぬ、そう、いぬ、いぬ、いぬ、ありがとうございます、と言いながら、やはり礼儀正しく頭を下げ、自分のベッドの方へと戻っていく。

男があまりにも正確な足取りで歩く後ろ姿を見つめながらリブロは不安になった。父ももう、いろいろなことを、思い出せなくなってしまうのだろうか。

さっきも、見えない猫を撫でていた。

そうだこの部屋にいる人たちは、みんな脳外科の患者たちなのだ、とリブロはあたりまえのことを理解した。

＋

母だけが病院に泊まり、リブロたちはそれぞれの家へ戻った。

タクシーで乗りつけた病院からは、最寄りの駅がどこなのかさえ、だれひとり知らなかった。

姉妹はただひたすらバス停を探さなければならなかった。

父が満州ハルビンに移り住んだのは一九三六年、昭和十一年。七歳のときのことであった。

祖父が陸軍三等軍医正に昇進し、ハルビン飛行第十一聯隊に転任したためである。まだ生まれて間もない父の弟を母である祖母が抱き、一家は満州へ向かった。

関釜連絡船金剛丸で下関から釜山へ。

八月の暑い日で、船には満州へ向かう人たちが大勢乗っていて、ひどい混雑ぶりであった。

しかし客室は冷房も効いて快適で、ずっと泣き通しだった弟も泣き止んだ。

ちょうどナチ・ドイツのベルリン・オリンピックが開催されている最中のことであったから、喫煙室のあたりでは、日本選手の活躍の報で大いに盛りあがっている人たちもいた。なにしろ次のオリンピック開催地は東京なのだから。

船の上での朝食後、祖母は父のハンカチにオリンピック、五輪のエンブレムを刺繍してくれた。

その後、朝鮮総督府鉄道、南満州鉄道を乗り継ぎ、満州の首都新京を経てハルビンへ。

アールヌーボー様式のハルビン駅の駅舎。

広々とした石畳の道路の両側には、堅牢そうな石造りの家々が建ち並ぶ。

アカシアの並木に、巨大なデパートメントストア。

父は大きく目を見開く。

繁華街の中央大街には道の向こうまで商店が連なっている。青い目に金色の髪、ハイヒール姿の背が高いロシアの女たちが買い物をしていた。

空気は真夏なのにしんと冷たく澄んでいる。

冬になれば松花江がみんな凍って、アイススケートもできるだろう。

父は花園小学校二年へ転入した。

それは前年に新しく増設されたばかりの日本人学校であった。

実際、祖母に連れられ父もしばしばアイススケートへ出かけた。

祖母は松花江の真白い氷の上を、長靴に刃を赤い革バンドで結びつけたスケート靴で滑る。いまでいうバッククロスやスピンもやった。祖母は若く美しかった。ぬけるような白い肌に二重瞼の大きな瞳。その首には艶やかなテンの毛皮のマフラーを巻いていた。そこには頭や尻尾だけでなく肉球のついた両手両足がついたままに仕立てられていて、それが風をきって滑るたびにぶらぶらゆれた。

父はその冬、六度目のスケートから戻ってから、酷い熱を出した。

百日咳だった。

しかもそれをこじらせ肺門リンパ腺炎を起こしたのだった。

その殆どの時間を学校へも行けず、家で寝て過ごすことになる。

祖父は黒竜江の方へ行っていていなかった。

寝たきりの父のもとへは、祖父ではない若い医者がやってきて診察をした。

医者は、祖母に向かってこう告げた。

この子は十歳を超えるまでは生きないでしょう。

それを聞いた祖母は、この子どもはあと三年しか生きられないのだ、と指折り数えた。

その左手の指には色とりどりの宝石が輝く指輪が嵌められていた。

祖母は愛知県三河三谷で一番大きな宝石屋のひとり娘で、それらはみんな嫁入りのときに持たされたものだった。

＋

肺を患い寝たきりになった父の趣味は、絵葉書集めになった。

何枚もの絵葉書を西洋式のベッドの脇に並べては、それを何度も眺めたり、並べ替えたりして、楽しんだ。寝室のガラスの窓は二重になっていて、窓と窓の間には氷の結晶がびっしりとついているのが見えた。

父は寝たまま絵葉書を一枚ずつ手に取り、それを左手の指先でなぞる。

ハルビンの街並みを写した白黒写真を丸く切り抜いた絵葉書。

中央寺院。ロシア風の尖塔の脇には文章が添えられている。

「中央寺院の鐘蕭條と鳴り渡る頃――馬橇の鈴の音も侘びしく暮れてペーチカを圍んで語るハルピン情緒――それも嬉しいものの一つだ。」

黄色い鳥と花、卵とリボンが添えられた本の絵の脇に、ロシア語で「キリストは蘇った」と書かれた復活祭の絵葉書。

ロシア人の男女がアコーディオンやギターを手に草上の昼食の如く赤い布の上にパンやコーヒーカップを並べピクニックをしている着色写真の絵葉書。「(哈爾濱《はるびん》)郊外のピクニック露國人の團欒」

ロシア人の女性が水着やワンピース姿で浜辺に腰掛ける着色写真の絵葉書。「哈爾濱ノ對岸平野街避暑地ノ風光」

日付入りのスタンプが押されているものもあった。

白い半袖シャツを着た学生たちが日の丸の赤が眩しい三機の飛行機を見守る着色写

真「哈爾濱飛行場ニ於ケル日機離陸刹那ノ光景」には、鮮やかなブルーのインクで雲のような縁取りのスタンプが押されている。弧を描くように並べられた文字は「國光機就航記念　康徳　4　3・1」。

康徳四年、一九三七年。康徳というのは満州国の元号であった。

駅舎と線路が写された白黒写真の絵葉書「濱綏線《ひんすいせん》の終點綏芬河《すいふんが》驛《えき》昭和十一年三月九日守備隊許可濟」には紫色のスタンプが押されている。尖塔の絵柄を取り囲むように書かれた「綏芬河」と、ロシア語で「国境警備隊」の文字、日付は「康徳11・12・5」。康徳五年、一九三八年。

＋

祖父は、第八国境守備隊歩兵附として黒竜江に近い瑷琿《あいぐん》へ行っていた。

そこで治療にあたっていたのは、壕生活のため続発する一酸化炭素中毒患者と、ノイローゼの自殺予防。自殺予防には娯楽と慰安所を薦めていた。そこでそれなりの成果をあげた祖父は、称賛された。

休暇や用事やらでハルビンに戻るたび、祖父は軍服姿のまま写真を撮った。新しく手に入れた写真機はハンザキヤノン。フィルムはロール式のものだった。押入れに毛布をかけて急ごしらえに造った暗室で、自ら現像もやった。現像液の中で、ぼんやりと白黒の像が浮かび上がる。刻まれた光が、紙の上にたち現れる。

写真を貼りつけたアルバムの黒い台紙には、白インクで几帳面な字を書きつける。

「植物園ニテ　防寒具ヲ着テ」

「昭和十二年夏　ハルビン神社境内デ」

「ハルビン建設街官舎」

「昭和十二年春　中央寺院前ニテ」

「十三年夏　スンガリーニテ」

「昭和十三年　家ノ前デ」

豪奢な石造りの階段の前で弱々しく立つ半ズボン姿の父が白い子猫を抱いていた。

◯

リブロが文字を読めるようになるとすぐに、シャーロック・ホームズ物語が与えられた。

無論、父と母は自分たちが翻訳したものを読ませたかったが、残念ながらそれはまだできあがっていなかった。

ようやくベアリング・グールドによる「シャーロック・ホームズ：ガス燈に浮かぶその生涯」を翻訳し、講談社から刊行し終えたところであった。

そこでリブロには偕成社の「シャーロック＝ホームズ全集」が供された。

子ども向けに、漢字にはルビがふられているものだった。

翻訳者は一冊ごとに別の人で、刊行順も発表順とは異なるが、連載当時と同じ、シドニー・パジットの挿画が収められていた。黒い表紙に青と黄色でその絵が印刷された、十四巻組。

リブロは与えられるがままにそれを読んだ。

物語の中で、人間たちは、よく死んだ。

毒を飲んで死に、刺されて死に、毒矢を吹かれて死に、底なし沼に沈んで死に、散弾銃で頭を撃ち抜かれて死に、口笛で呼び出された毒蛇に嚙まれて死んだ。

しょっちゅう死んだ。平気で死んだ。

裏庭のイチジクの木には、犬が繋がれていた。

リブロと姉たちの日課は、夕方になるとその犬を散歩に連れてゆくことだった。モモだけは仕事があって帰りが遅かったので、休みの日だけは四人揃って散歩へ出かけた。

犬の名前はウィギンズ。

シャーロック・ホームズの探偵捜査を助ける浮浪児たち《ベーカー・ストリート・イレギュラーズ》代表の少年の名である。彼らの名誉のためにつけくわえるならば、人間を犬と思っていたわけではなく、犬を人間と思ってつけた名前であった。

白に黒い斑のある雌の雑種犬。好物は鶏の頭の肉。

リブロがいつもウィギンズの綱を持った。

キャベツ畑の脇を抜け、坂を下り、ごく細く曲がりくねった裏道を歩いた。

アスファルトの地面にはところどころ水色のペンキが塗られ、両脇には家が迫り出すように建っている。

モモはその道路を、ウィギンズの糞を拾い上げるためのトングで叩いてみせた。

それから、この地面の下には地下道があるのだと教えてくれた。

アジサイがつけ加える。

残念ながら銀行の金庫に繋がってるって、わけじゃないけど。

この地下道には、川が流れている。暗渠なのだという。

モモが小さいときには、そこも東映撮影所の近くの道もみんなドブ川だった。

けれど東京オリンピックがあった年、ドブ川はみんな暗渠になって埋められて、道ができたのだ。

新しい道。新しい公園もできた。モモはそこの新しい遊具で遊んだ。

アスレチックは目新しかった。

ユズも道路をトングで叩いてみせる。

音を聞いてみて。

ほら、地下に道があるかどうかが、わかるから。

正直、だれもそんな音の違いは、わからない。ウィギンズまで一緒になって耳を澄ましていた。

けれどモモは、もうそのドブ川をうまく思い出せない。

アジサイとユズに至っては、はなから新しい道や新しい公園しか知らない。

リブロはウィギンズの綱を引っ張った。

＋

暗渠の上の道をしばらく進んでゆくと、実際の川に突き当たる。

両岸にコンクリートブロックがはめ込まれた深いドブ川だったが、リブロたちはそこをテムズ川と呼んだ。

岸の上には緑色のフェンスが張られ、その隙間から紫色の大根の花が飛び出すように咲いていていた。

その川沿いを暫く進むと、高い塀が張り巡らされた一角があった。その向こうは精神病院だった。

太陽が沈みかけていて、アスファルトの地面に長い影が伸びてゆく。

リブロはその壁の向こうを見たことがなかったが、三人の姉たちは、その壁の向こうも、他の精神病院も、見たことがあると言っていた。

かつて父が精神病院で働いていたからである。

アジサイがそっけなく言った。

でも病院自体は精神病院だろうが救急病院だろうが、ただの病院。どこも同じよ。

それを遮り、ユズが声をあげる。

でも、パパたちの実験室を見たのは、最低だった。

モモも一緒になって叫ぶ。

やめてよ、思い出しちゃった。

三人がそこで見たのは、頭蓋骨に穴を開けられ、そこに注射器を突き刺された犬たちの姿だったという。

脳のどの部分にどの薬を注入すると、精神にどのような影響が及ぼされるか。それを調べるための精神薬理学の実験だという説明だった。

ウィギンズがつと立ち止まり、ぐるぐるとまわってから、糞をした。

それをモモが手早くトングで摑み、牛乳の空きパックに詰めて捨てた。

暗くなってきた川沿いの道で、ユズがいまにも泣き出しそうになる。

犬があんまりかわいそう。パパが病院をやめてくれて本当によかった。

モモが言う。

まあ、パパが医者だった頃にはあんなにたくさん贈られてきたお菓子が、いまじゃひとつも来ないのは、残念だけど。

それから、三人は口々にうっとりとした調子で並べあげる。

ゴディバのチョコレート。泉屋のクッキー。千疋屋のフルーツゼリー。

リブロはそんな菓子、一度も食べたことがなかったので、どんな味かもわからない。

最後にアジサイが独り言のように言った。

あんなことして、いつかパパも、きっと自分も頭蓋骨に穴を開けられることになるよ。

＋

コナン・ドイルは、エディンバラ大学で医学博士号を取得した後、ポーツマス市近郊サウスシーで医院を開業した。

その診療の合間に書かれたのが、「緋色の習作」と「四つのサイン」。シャーロック・ホームズ物語のはじまりである。

しかし物語はさほど話題にならなかったため、ドイルはオーストリア、ウィーンへ渡り、眼科の勉強をした。

帰国後はロンドン、ウィンポール街に眼科の診療所を開業。しかし、それも全く繁盛しなかった。

だがホームズ物語の短編連載が、創刊間もない「ストランド・マガジン」ではじまると、それが爆発的な人気になる。

ドイルは貧しい開業医から、一躍人気作家になったのだった。

冒険

手術の翌朝は雨が降り止み、快晴だった。

けれど次に目を開けた時、父はもう何も思い出せない。

病院のベッドの上で父は殆どの時間を眠って過ごした。

時折目を開いたが、父の目には薄い膜が張ったようになっている。深くて白い霧に包まれているようだった。

虚空を見つめたきり、何も喋らない。

父はもう母のことも、姉たちのことも、リブロのことも、いったい誰だかわからないようだった。

もう起き上がることも、水を呑みこむことさえ困難だった。

左半身が全て麻痺しているということだった。

リブロはプラスティック製のマグカップで、何度も父に水を飲ませようとした。けれど、それは、すぐさま唇の左側から溢れた。

三日目、リハビリ専門の病院へ転院することになった。

ここは救急のための総合病院なので、長くは居られないのだった。

母がストレッチャーのまま乗ることのできるタクシーを手配し、アジサイとユズとリブロもその後部座席へ乗り込んだ。

モモだけは、仕事で病院へ来ることができなかった。

ストレッチャーの上でも父は目を閉じたままだった。

車がゆっくりと走り出す。

晴天だった。

空が抜けるように青い。

病院を後ろに見送りながら、これがたった三日だったとは、リブロには信じられない。父が入院してから、もう果てしなく長い時間が経過したように思えた。

ふと助手席に腰掛けている母の後ろ姿を見たら、母もまたこのたった数日で白髪が増えていて、随分年をとって見えた。

車はまっすぐな道へ入り、スピードをあげてゆく。

しばらく走り続け、正面に光が丘の清掃工場の煙突が見えてきたときのことだった。

リブロたちは、いっせいに声をあげた。

窓の向こうは、いちめん満開の桜の花だった。

桜のトンネルの中を車が走り抜けてゆく。

花びらが舞いながら降り注ぐ。

眩しいほどの光景だった。

リブロたちはそれを見てようやく、今が春だということに気がついた。

＋

リハビリ専門の病院は、建物は真新しく、リノリウムの床はピカピカだったが、どこか陰気な場所だった。

六人部屋へ入れられた父は、早速その病院が貸し出すブルーのスウェットの上下に着替えさせられ、ストレッチャーからベッドに移された。

ストレッチャーからベッドに移すとき、父の頭がベッドの背もたれにぶつかったが、看護師の女は面倒そうに鼻を鳴らしただけだった。

昼間だったが、窓から少しも光の入らない薄暗い部屋だった。

しばらくすると今度は別の看護師の女がやってきた。胸に尖った鉛筆を挿し、茶色く染めた髪に金の縁のメガネをかけた中年の看護師で、にこりとも笑わず、父の耳元でやたらと大きな声を張り上げた。

おじいちゃん！　担当します看護師のウエダです！

リブロはそれを聞きながらうっかり吹き出しそうになった。

おじいちゃんだって⁉

このわたしのパパが⁉

見れば向かいのベッドにも、その隣にも、そのまた隣にも、父と同じブルーのスウェットを着た老人が横たわっていた。全員が全員そろって虚ろな目をして、口や頬にはそれぞれ白っぽい髭が生えかけていた。おそらくここにいる老人たちの殆どは耳が遠いのだろう。一番窓際の老人は、時々呻き声さえあげている。

そうだ、父はおじいちゃんなのだ。老人なのだ。

実際、父はもう七十歳を過ぎている。

そして紛れもなく父は、いま、その老人たちの一員だった。

隣の病室では、ずっとナースコールの音が鳴りっぱなしだった。

アジサイは何あの感じ悪い人、と小さく舌打ちをした。

母は不安そうに、黙々とベッドサイドの引き出しに父の身の回りのものを仕舞っていた。

服さえ滅多に畳まない母が折り畳んだタオルや何かはぐちゃぐちゃで、持ってきた荷物は多すぎて、すでに引き出しは半分閉まらなくなっていた。

＋

結局、父はひと月ほどでまた別の病院へ転院することになるのだったが、その間、リブロは同じ部屋の人たちのもとへやってくる見舞い客を一度も見かけなかった。

老人たちは、ただひとりきり、虚空を見つめベッドの上に横たわっていた。

リハビリというのも形だけで、ここにいる老人たちのだれもが、回復することを本当には望まれていないようだった。

過去が失われたものたちの居場所など、どこにもないのだ。

ただ誰にも迷惑をかけず、死んでゆくことだけが期待されていた。

母は、でもミルクに毒を混ぜられ安楽死させられるテリア犬よりはずっとまし、と冗談を言った。

ようやく土曜日になって病院へやってきたモモだけは、まあ、よくあることよ、とそっけなかった。

隣のベッドの老人は、いつもリブロや姉たちを見るたびに、ああ、よくきてくださいましたね、ところでどちらさまでしたでしょうか、と繰り返す。入れ歯がどこかへ行ってしまったのか、それともそもそも入れ歯もつくらなかったのか、その老人の開いた口には、歯茎ばかりが目だって見えた。

看護師たちは、ただひたすら回復を望まれない人間の世話を続けることに、いつも疲れていて不機嫌だった。

○

祖母が寝たきりの父と幼い弟を連れ、満州ハルビンから引き揚げることになったのは、一九三八年、昭和十三年秋のことであった。

満州では父の病気が治る見込みはない、転地療養が必要だと、医者に言われたためだった。

しかし十歳までしか生きないと言われていた父は、いま十歳を越えても生き続けていた。

祖母たちは祖父の実家が近い愛知県蒲郡に暮らし始めた。

父は岡崎中学一年に入学。次第に健康を取り戻していった。

しかし学校の授業は、段々と戦時の代用食づくりのための畑仕事になってゆく。

＋

ほどなくして祖父も蒲郡へ戻ったが、写真を撮るかわりに写真屋を呼んだ。庭に三脚を立てさせ、家族の記念写真を撮影させた。

祖父は軍服姿で胸に勲章をつけ、祖母は花と鞠の模様がついた着物を着て、いかにも地味な帯留めを留めた。かつては瑪瑙やエメラルドがついた帯留めもあったのに。その指につけていた指輪も、ひとつ残らずなくなっていた。ルビーも、珊瑚も、ダイヤモンドも、宝石はみんな意気ごんで供出してしまったのだった。

父は真鍮のボタンつき揃いの上下を、父の弟は手編みのセーターという、一番上等な格好をさせられた。

祖父と祖母は父の弟と父を挟むように、縁側に腰掛けている。

立派な沓脱石と、何ケ所も貼り直された障子が、妙に不釣り合いだった。

父の弟と父は直立の姿勢で、まっすぐに写真機を見つめている。

祖父は焼き上がった写真をアルバムに貼り、こう書き記す。

「昭和十五年三月三日　父中支出征ノ記念撮影

滋四十三歳　昭六歳　司十二歳　富美子三十三歳」

祖父は上海派遣第十三軍医部部員としてガーデンブリッジを渡り租界へ進駐していった。

その翌年、日本軍による真珠湾攻撃で、大日本帝国は日中戦争から大東亜戦争に突入してゆく。

＋

ふたたび本土へ戻った祖父は、金沢陸軍病院勤務になった。

一家は金沢へ移り住んだ。

金沢医専で学んだ祖父にとってそこは、懐かしい街でもあった。

けれど父にとっては、何もかもが目新しかった。

茶屋街に立ち並ぶ江戸の町家。街のあちこちを流れる川と洗練された用水路。丘の上には兼六園。香林坊の繁華街には、書店も映画館もあった。

しかしなによりも父を惹きつけたのは、その街を闊歩する、第四高等学校の生徒の凛々しい姿であった。

四条の白線に北辰の校章が輝く帽子と、漆黒の将校マント。

なんて格好いいのだろう。

いつか自分もあんな風になりたい。一生懸命に勉強をしようと父は心に誓った。

父は金沢一中の二年に転入した。

清水という親友ができた。互いに家を行き来し、毎日一緒に夢やらなにやらを語り合った。

しかし授業はやがて軍需工場での仕事になる。学校の訓示も日増しに軍隊めいてくる。

遂には、校庭の草原に寝そべるのは軟弱でいけないと、通達された。

その日、清水は父の目の前で「これからはこうやってもいけないそうだ」と、校庭の草原に寝そべってみせた。

草原にはシロツメクサが幾つも花を咲かせていた。

清水はそうしたところを上級生に見つかり、その場で十発ほど殴られた。唇が切れて血が飛び散った。

父も敬礼のしかたが悪いと、一緒になって絡まれたが、父は殴られなかった。

四年になるとすぐに、清水は予科練へ応募していってしまった。

清水の家で壮行会が行われ、父もそこへ呼ばれていった。

そこで喰ったノドクロと、あんころ餅は美味だった。

七つボタンは桜に錨〜。

父は予科練の歌を歌ってやった。

清水が飛行機に乗って飛ぶことになるなんて。

父は門出を大いに祝福し、我がことのように喜んだ。

なにしろ予科練は花形であったから。

ただ清水の兄だけはひとり冴えない顔であった。弟を励ますのも不承不承で、父の目にはそれが奇異に映った。

勿論、父だって中学から清水がいなくなるのは寂しかったが、これが目出度くない理由などひとつもわからなかったから。

＋

学徒動員がはじまると、父は同級生たちとともに金沢重工へ行った。

班にわかれて飛行機のエンジン部品を造った。

ゲートルを足の下の方へ短く巻くのがお洒落であったが、父にはそもそも靴がなかったので下駄履きにゲートルというお洒落も糞もない格好で工場へ通わなければならなかった。

祖父はもう写真さえ残さなかった。

拾石の薬師如来に参拝し、遺書だけ残すと、「平安丸」でインドネシアの東、パプアニューギニア、ニューブリテン島のラバウルへ出征して行った。

+

そんななかでも受験はおこなわれ、父は念願だった旧制第四高等学校、四高に志願し合格。父は遂に、四条の白線に北辰の校章が輝く帽子と、漆黒の将校マントを手に入れたのだった。学部は理乙。必修の外国語は英語とドイツ語。

しかし学徒動員による工場勤務ばかりが続き、授業は一向にはじまる様子がなかった。

学校の前にある古書店は、かわりの本と米を持参しなければ、売ってもらえない。そもそも、香林坊の宇都宮書店の棚も、いまや空っぽであった。もはや紙もインクも貴重品だった。父は裏口から行って、どうにか微積分の本を売ってもらう。

本土空襲がはじまっていた。

若狭湾の方を偵察機が飛んでいる。

親不知方面が燃えていた。

街が、家が、人が、焼夷弾の石油でできた炎で焼けていた。

岡崎には大きな空襲があり、真夜中から夜が明けても街は燃え続け、中学の同級生たちのうち殆どが死んでしまった。

予科練の生徒たちが次々特攻隊として飛行機で飛び立っていた。清水が飛んだかどうかの報せはなかったが、きっと清水はもう飛んだかもしれない。

飛行機が機体もろとも敵に突っ込んで砕けるようにして燃えていた。

父は蛇腹の灯火管制用のカバーが吊り下げられた薄暗いライトの下で本を開いては、必死で指でなぞった。

小さな黒い文字が指先の中へと、一文字ずつ吸い込まれてゆく。

その一文字一文字を決して忘れまいと、指に、身体に、記憶に、刻み込む。

本が、何もかもが、焼けて、灰になってしまってもいいように。

失われてしまってもいいように。

それから、埋められるだけ本を土に埋めた。

ようやく手に入れた一冊の薄ぺらいノートブックを開く。父は鉛筆を右手に握り、小さな文字で書きつける。一九四五年、昭和二十年。
「七月二十四日（火曜日）晴後曇
又一日命が延びた。」

〇

まずはじめに家を出ていったのはアジサイだった。

リブロが十一歳、小学六年生のときであった。

大学を卒業してから旅行代理店に就職したアジサイは、中学校時代のボーイフレンドに再会し、その男と結婚することになったのだった。

結婚式は四谷にあるイグナチオ教会で行われた。

教会は戦後すぐに再建されたものだそうで、内部は方舟が象られていた。大洪水のとき、神がノアに造らせた、あの方舟である。

正面のステンドグラスにはキリストの生誕から死、復活までが描かれていた。

オルガンで「アヴェ・マリア」が演奏される。

真白なウェディングドレスにレースの施された長いベール。白バラのブーケ。

デパートの化粧品売場で働いているユズが、アジサイにメイクを施した。

ふだんは化粧なんてしたことのないアジサイだったが、その白い肌にさした淡いチークと、赤い口紅がよく似合った。

アジサイのあまりの美しさに、リブロたちは思わず溜息を漏らした。

モモが皺だらけのハンカチで目頭を拭いながら言った。

花嫁衣装はサーペンタイン池に捨てたりしないでちょうだいよ。

リブロはこの日のために、生まれてはじめてドレスを買ってもらった。

とはいえ母に連れて行かれたのは池袋や新宿のデパートなどではなく、東映撮影所の向かいにあるSEIYUだったが。

ブルーのサテン生地のワンピース。胸元と裾にはリボンの飾りがついていた。髪はユズがツインテールに結んで編んでくれた。

モモとユズはパステルカラーの揃いのツーピース。母はどうにか箪笥の奥から引っ張り出した紺のワンピースに偽物の真珠のネックレスをつけていた。

父はといえば、最後まで正装なんて御免だと、服を着替えなかった。それでも結局は、渋々ながら黒いスーツに白いネクタイを締めた。

イグナチオ教会の前で記念写真を撮ろうとしたときも、父だけはそれを嫌がった。

こんなのまるで出征前みたいで、少しも好かない。

とにかく、これまでも、父はあらゆる正装行事と記念写真を拒否し続けてきた。成人式や七五三やなにかの行事は、悉く無視。成人式の振り袖を買う代わりに金をやるから、とモモはたったひとりでハワイ旅行へ送り出され——新婚旅行カップルばかりのハワイ旅行は苦痛以外の何物でもなかったらしいが——、七五三のかわりにリブロは神社の境内でディアストーカーとインバネスコートというホームズのコスプレだった。

無論、家族で写真館へ行くことなどなかったし、家族が全員写る写真は皆無であった。けれど、この日ばかりは、父も向けられた一眼レフのカメラに向かって、視線を向けた。

ひたすら独り言のように文句を述べ立て口を尖らせてはいたけれど。

背後には大きなバラ窓。

石造りのアーチ。

光が刻まれる。

アジサイはプリントした写真を部屋に飾る時、裏に油性ペンで書き添えた。

一九八九年四月。

父六十歳、モモ二十九歳、アジサイ二十六歳、ユズ二十三歳、リブロ十一歳、母四十一歳。

トラックがやってきて、アジサイの荷物はみんな運び出されていった。

アジサイがもういらないからと置いていった縫いぐるみたちは、リブロが全部貰った。なかでも光る犬の縫いぐるみは、リブロのお気に入りになり、それから毎晩抱いて眠った。

アジサイの部屋にはだれも入ってはいけないというルールだったが、もはやそのルールを守る必要もなかった。

モモとユズとリブロは、それでもなんだかうしろめたい気持ちになりながら、用もないのにその部屋へ入っては寝転んだ。

ブルーの絨毯は、所々がタンスの重みや埃や何かで変色して、まだら模様になっていた。

これといってその部屋でやることもなかったので、モモはそこで持ち帰った勤務ノートを書き、ユズは脱毛クリームで足の毛を抜き、リブロはワープロの練習をした。

リブロは本を開き、左手の指先で文字をなぞった。

それから、右手の人差指で、ワープロのキーボードを打つ。

ヒマナラスグコイ
イソガシクテモコイ
リブロは狭い液晶画面に立ちあらわれた灰色の文字を見つめながら、深い感動に包まれた。
それはただ本に書かれていた言葉を、書き写したに過ぎなかった。
けれどその文字は、言葉は、リブロの身体の中へ入りこみ、この手で、この指先で、もうとっくのむかしに死んでしまった人たちを、いまここに、この目の前に、生き返らせることができたように、思えたから。

アジサイの部屋の窓からは庭が見えた。

そこにはイチジクの木があったが、ウィギンズはもういなかった。鎖だけが木に繋がれたままになっていた。

ウィギンズはちょうど半年前に死んでいた。

最後はすっかり弱って寝たきりになり、玄関のボール箱の中へ寝かされた。食物も殆ど口にしなかったが、好物の鶏の頭肉のかわりに与えられたロースハムを齧ってから小さく鳴いて息絶えたのだった。

ブルーの絨毯が見えていたのもつかの間のことだった。

部屋にはいつの間にかモモの洋服が散らばるようになり、ユズの脱毛器具が並べられ、リブロのワープロが据えつけられた。

それにくわえて、父と母の本も、侵食し始める。

リブロたちはその侵食をひそかに腐海――アニメ『風の谷のナウシカ』に出てくる巨大な粘菌類の森――と呼んだ。ちなみに、その監督はシャーロック・ホームズを犬に見立てたアニメシリーズを作っていたので、この家では崇められていた。

増殖し続ける本は、胞子を飛ばし、粘菌のようにあたりを覆う。

部屋のブルーの絨毯は、たちまちまた見えなくなった。

＋

その同じ年の秋、子ども向けのシャーロック・ホームズ・シリーズが金の星社から刊行された。父と母がようやく翻訳にこぎつけた、第一作である。

『ホームズは名探偵』。

一巻目は「消えたグロリア・スコット号」。

「シャーロック・ホームズの思い出」に収められた、十七番目に発表された作品。

若きホームズが探偵になるきっかけとなった、一番目の事件である。

思い出

父が転院した東武練馬にある病院は、建物は古かったがツツジの咲く庭がある小綺麗な病院だった。長期療養患者も多かったが、一般外来もあり、玄関には聖母マリア像が飾られていた。

母はすぐさまこの病院が気に入った。

ベッドの脇にある引き出しに、ありったけの荷物をここぞとばかりに詰め込もうとしている。

アジサイもそれを手伝いながら、病室の窓の向こうを眺めて言った。

リージェントパークとまではいわないけれど、なかなかいいところじゃない。

父のリハビリが本格的にはじまった。

歩行や手の運動だけではなく、言語聴覚士がついて、発声や発話もやった。

口を、唇を、舌を動かし、声を出す。

未だ真水は咽るので飲めなかったが、とろみのついた水なら水差しのようなものを口に咥えれば、どうにか飲めるようになった。

ようやく父は尿意や便意を報せ、介助があればトイレへも行けるようになった。大きな進歩だ。

前の病院では、トイレへ行こうと勝手に立ち上がろうとした挙げ句、ベッドから落ちては何度も怪我をした。頭から血を流したこともあった。寝るときベッドにベルトで手や腰を縛りつけられ痣になることまであったから。

＋

父が家へ戻るために、家の大改修工事がはじまる。

まず、電動ベッドをレンタルし、それを置くための部屋が必要だった。

しかし家中は足の踏み場もないほど本で埋め尽くされていたので、そんな隙間があるはずもなかった。

そこで、イチジクの木がある庭の一部を潰し、新しい部屋を建て増しすることになった。

イチジクの木には、死んだウィギンズの鎖が巻きつけられたまま錆びていた。いつしか木のほうが太くなり、鎖は木の表面に食い込んでいた。それでも木には幾つも実がなっていて、熟れすぎた赤い果肉へ向かって蟻たちが列を成していた。

風呂場はガス釜から電気式のものに改装され、トイレには真新しいプラスティック製の手摺が取り付けられた。

＋

病院の窓の向こうで緑と影が色濃くなってゆく。

母は家の工事をすすめたり、指示をするとき以外は、殆どの時間を病院で過ごした。

父が面倒がるリハビリにもいちいち全部つきあっていた。

母はいつか父が、全てが、もとどおりになると信じて疑わないのであった。

家へ戻って家の本の山を見れば、きっともっとたくさんのことを思い出せるかもしれない。

いや、思い出せないなら、またいちから本を読めばいい。

リブロはこんな状態の父が病院から家へ戻ることに反対だった。

未だ母のことさえ、本当にはわかっているかどうかも怪しいというのに。いくらヘルパーさんやなにかを頼んだところで、いったいどうやって母ひとりで父の面倒を見るというのだ。

モモは思いつめた様子で、仕事をやめて実家へ戻ろうかと言いはじめている。アジサイは子どもたちの世話でなかなか家をあけられないし、ユズはふたりめの子どもを妊娠していて日増しに腹が大きくなっている。

リブロが詰め寄ると、母は、瀕死のホームズの面倒を見なくちゃならないハドスン夫人よりはずっとましだ、と冗談を言った。

蛍光灯の光に吸い寄せられた蟬が、窓にぶつかり大きな音をたてて落ちて死んだ。

リブロはその日も病室を訪れ、なんとか母を説得しようとあれこれまくしたてていた。

オレンジ色のトレイに載せられた夕食を、母がひとくちずつスプーンで掬う。父の口元にスプーンが運ばれる。

嚥下障害もあり硬いものはまだ嚙めなかったので、ごはんは殆ど粥のようだった。

ゆっくりと父が唇を開き、粥を咀嚼しはじめる。

そのときのことだった。

リブロ。

父は、突然、その名前を呼んだのだった。

リブロ。

その声は未だ嗄れていて、はっきりしたものではなかった。

そのうえ、食べかけの粥が、涎と一緒に口からこぼれて落ちた。

リブロは慌ててタオルを摑み立ち上がる。

粥と涎がパジャマの胸元にだらりと伸びていた。粥には菜葉が刻まれて混ざっていて、拭いてもなかなか拭き取れない。

父のパジャマの胸元を何度も何度もこすりながらリブロはもう言葉が出なかった。

○

戦争が終わった。一九四五年、昭和二十年の夏だった。

十六歳の父は、金沢から学徒動員されて送られた富山県井波の飛行機工場の庭で整列していた。ラジオからは、昼十二時の時報。それから、途切れ途切れの玉音放送がはじまった。それを聞きながら父は気が遠くなって蹌踉《よろ》めいた。

講和が真実なはずがない。

この国が負けるはずなどない。

ポツダム宣言とかなんとかいうやつを受諾したらしい、と四高の上級生が教えてくれた。

事実、大日本帝国は敗戦したのだった。

お盆の慰霊まつりがおこなわれる予定の日であった。

日本はウラン爆弾とかいう爆弾を造って、サイパンを吹き飛ばすはずではなかったのか。

神風が起きるはずではなかったのか。

しかしそのウラン爆弾——原子爆弾とやらは、造るよりさきに広島と長崎に落とされていた。

工場には、造りかけのままの飛行機、新司偵《しんしてい》が並んでいた。

涙のかわりに汗がつぎつぎ溢れて落ちた。

敗戦から三日後、父は金沢へ戻り、防空壕の穴を埋める。

＋

敗戦から一ケ月、九月にはいりようやく四高の授業がはじまった。

ラジオで第一回引揚船到着の報道を聞きながら、父は心を躍らせる。

祖父を迎えにゆくときは、きっと四高のマントを羽織っていこう。

書店を巡っては本を心ゆくまで眺めてまわった。

小遣いで本を手に入れた。

もう本を土に埋める必要もなかった。

ヴィクトル・ユーゴーの『九十三年』、H・G・ウェルズの『Mankind in the Making』。

森鷗外や芥川龍之介の哲学めいた書も読んでみる。しかし、一向にわからない。

父はノートに書きつける。

　高校生の悩みは深い!


とはいえ、一日が食料を手に入れるための奔走で終わることも多かった。

電車に乗って郊外へまで出かけていっては渋柿や米をわけてもらう。食堂でうどんを啜り、揚げた天ぷらを食べた。

朝はまだ暗いうちに起きて、薪を割る。

飯盒で米を炊く。

四高の同級生が貸してくれたドストエフスキーの『罪と罰』を読みながら、米がぷつぷつと泡立ってくるのを何度も確認した。

明け方の土間に、白い湯気が立ちこめる。


金沢の街にも進駐軍がやってくる。

父は英文タイプライターを手に入れ、占領軍のためにタイプする仕事をやった。

＋

父が独習書を手にエスペラント語を学び始めたのは、ちょうどその頃のことであった。

いま、父は猛烈に言葉を欲していた。日本語でも、英語でもない、もっと他の、もっと別の言葉を。

あれほど信じていた日本語には裏切られ、あんなに得意だった英語はいまや屈辱だった。

そんなとき四高の向かいの古書店で、父はエスペラント語の独習書をたまたま見つけたのだった。

石黒修『正しく覚えられるエスペラント入門』。

それは昭和四年、父が生まれたその年に、太陽堂から出版されたものだった。
後ろの附録部分にエスペラントの説明が書かれてあった。
エスペラントは、國際補助語、卽ち世界共通語であつて何處の國語でもない。
（イ）「エスペラント」（Esperanto）は１８８７年にザーメンホフ博士によつて發表されたもので、「エスペラント」とは「希望する者」の意。（ザーメンホフ博士が「エスペラント博士」の匿名で發表したのでこの名がついた。
（ロ）ザーメンホフ博士（D-ro Zamenhof）はポーランドの人（１８５９年―１９１７年）、眼科醫。
父はマントも脱がずに畳の上に寝転がり、本のページを捲る。
bona amiko（ボーナ　アミーコ）　よい友
blanka rozo（ブランカ　ローゾ）　白いばら
blua birdo（ブルーア　ビルド）　青い鳥
Bona libro estas bona amiko.（ボーナ　リブロ　エスタス　ボーナ　アミーコ）
よい本はよい友である。
指先で言葉をなぞる。
Mi sekvos vin, kien ajn vi iros.（ミー　セクヴォス　ヴィン　キーエン　アイン　ヴィー　イーロス）　私はあなたが行く處なら何處へでもついて行きませう。

小さな黒い文字が指先の中へと、一文字ずつ吸い込まれてゆく。

電灯は眩しすぎるほど明るかった。

ただ、しょっちゅう停電で、電気が消えた。

あたりに闇が訪れる。

＋

祖父が帰国したのは一九四六年一月のことだった。父は実際、四高のマントを羽織って祖父を迎えに行った。

翌年になると、祖父は愛知県に戻り、蒲郡からほど近い場所にある形原に小さな診療所を開いた。金がなかったので親戚に借金をしたらしい。

父も夏休みには形原を訪れ、診療所の開業準備を手伝った。

祖父は拾石の薬師如来像を訪れ、両手を合わせる。

最後にここを訪れたのは、ラバウル出征前のことだった。

代々受け継がれてきたその像は、かわらずそこにあった。ただ祠は随分傷んでいたし、雨漏りの染みもあちこちにできていた。

軍医だった祖父は、いま町医者になろうとしていた。

診療所はおもいのほか繁盛した。借金を返すとすぐに、祖父は薬師如来像のための祠を新調した。

秋に行われた祠の完成式には、父も拾石を訪れた。

父は金沢の四高を卒業し、新潟大学の医学部に通いはじめたばかりであった。近所の人たちはみんな父が医学部へ行ったことを知っていて、この子が十一代目か、自慢の子だろう、と父を褒めそやした。姉妹だという中年の女がふたり連れ立ちやってきて、父の手を握りしめながら、まあ立派になって、と交互に言った。

父はふと見遣った祖母の顔色が悪いことにはじめて気がついた。祖母は既に癌の末期だったが、祖父は医者だがそれに気づいていなかった。

祠は見上げるほどに大層立派で、薬師如来像が鎮座する仏壇のところには小さな畳敷きの小屋までついていた。

坊様が経をあげていた。晴れた日で、派手に祭りをやって、丸餅や果物や菓子が振る舞われた。

祖父は父を診療所へ案内すると、そこでレントゲン写真を撮影してみせた。

祖母がガラスの後ろでそれを見ていた。その指にはまた幾つかの指輪が嵌っていたが、すっかりゆるくなってしまったのか、時々それが抜け落ちそうになっていた。

光が父の身体を貫く。

肋骨と肺。

身体の中が白く浮かびあがる。

光が、影が、刻まれる。

祖父はそれを診療所の壁に貼って飾った。

祖母が死んだのは、それから半年も経たないうちのことだった。

○

リブロが生まれてはじめて海外旅行へ出かけたのは十三歳、中学二年生のときのことであった。

その行き先はイギリス、ロンドン、ベーカー街221Bであろうと思いきや、スイス、マイリンゲン、ライヘンバッハの滝であった。

シャーロック・ホームズが死ぬことになる場所である。

スイス政府観光局とロンドンのシャーロック・ホームズ協会が主催する、スイス建国七〇〇年、ホームズ・モリアーティ対決一〇〇周年、約十日にわたるツアーであった。湾岸戦争が終わって間もない、四月のこと。

参加者の殆どはロンドンのシャーロック・ホームズ協会の会員で、アメリカのシャーロッキアン団体ベーカー・ストリート・イレギュラーズからも何人かのメンバーが参加していた。日本からは、父と母とリブロの三人。

無論、姉たちもツアーへ行きたがったが、モモは仕事が休めず、アジサイの子どもはまだ小さかったし、ユズはスイスには行きたいが親と一緒は嫌ということで、リブロだけが出かけてゆくことになったのだった。

スイスの街をそれぞれがホームズ物語の登場人物に扮し、一九世紀ヴィクトリア時代の格好で練り歩く、というのがツアーの趣旨だった。ようはコスプレである。

父と母は珍しく服に興味を示し、あれこれとごく大真面目に検討しては、買い物へ出かけていった。それを真新しい大きな臙脂色のトランクに詰め込んでゆく。

結局、そこに詰められたのは、着物と袴、兜とプラスティック製の刀。

父と母は、ホームズがライヘンバッハの滝でモリアーティ教授と戦った際に使ったと言われる日本のバリツ術の師範、というキャラ設定だった。

リブロには、熟考の末、ちょうど物語でも数えで同じ歳の、ペイシェンス・モランという人物設定が与えられた。「ボスコム谷の惨劇」に登場する、ボスコム谷地所の管理人の娘である。ちなみにその娘は、頭を鈍器で殴られ池のそばで死体になって発見された男の最後の目撃者という、まあまあな役割の人物である。

リブロには赤に金色の縁取りが刺繡されたロングスカートと白いエプロン、花飾りのついた帽子が買い与えられた。

張り切りすぎたのかトランクひとつでは洋服も荷物も収まりきらず、さらに真新しいトランクを買い足さなければならなかった。

手荷物はさらに増えて、リュックが三つ。

荷物が多かったうえに浮かれていたせいもあり、チューリヒ空港で早速リュックをひとつ置き引きされた。

ホームズ・ツアーの荷物を盗るとは何ごとだと、父は憤慨していた。

＋

ルツェルン、リュトリ、ベルン、インターラーケン、ユングフラウヨッホ、グリンデルワルト。

リブロたちはあちこちの街をパレードした。遊覧船にも、馬車にも、登山列車にも、戦車にも乗った。

ベルンの熊の着ぐるみと一緒にリブロが並んだ写真は、地元の新聞にまで大きく載って話題になった。

父と母は割り箸の袋で割り箸を割ってみせるというバリツ術にしてはあまりにも適当すぎるパフォーマンスを何度もやってみせては喝采を浴びていた。

そうしてツアーの最後、小さく長閑なマイリンゲンの町へ到着する。

＋

コナン・ドイルがマイリンゲンの町を訪れたのは、一八九三年八月のこと。結核を発症した妻をスイスのダボスで転地療養させるための旅の途中であった。ドイルは三十四歳。そこで妻と一緒にライヘンバッハの滝を眺めた。

「この小旅行の道中で、私達は素晴らしいライヘンバッハの滝を眺めた。ここは恐ろしい場所だった。そして私は、たとえ自分の銀行口座を巻き添えにしても、ここでこそが哀れなシャーロックにこそふさわしい墓場だ、と考えたのだった……」

シャーロック・ホームズ物語はいまや大変な人気を博していた。「ストランド・マガジン」からは続編の執筆を要請され、新シリーズには法外な千ポンドが支払われていた。

しかしドイルは、もうホームズにはうんざりしているのであった。

というのも、ドイルが書きたかったのは「文学的成果としては下層である」探偵小説などではなく、歴史小説だったから。

その年のクリスマス、遂にその終止符を打つべき作品が発表されることになる。

『最後の事件』。

永遠の悪意の権化モリアーティ教授とホームズの対決。

それはホームズを葬るにふさわしい、最後の物語であるはずだった。

ライヘンバッハの滝でとっ組み合いの末、ホームズはモリアーティ教授とともに滝壺へ落下することになる。

「遺体の回収は、全く絶望的だった。」

ホームズの死。それは、大事件であり、ドイルを待ち受けていたのは、非難の嵐であった。

罵詈雑言は無論のこと、ホームズを殺害した犯人であるドイルに対する脅迫や、殺害予告まで届く始末であった。

架空の人間を殺したことで、実在の人間が殺されそうになろうとは。

しかも自分がこの手で書き、生み出した人間のために。

＋

マイリンゲンの町から細い山道を登り、ライヘンバッハの滝へ向かう。

氷のような雨がちらちらちらと降っていた。

父と母が先に歩き、その後ろをリブロが続いた。

ホームズとモリアーティ教授に扮したふたりが、山道の途中の崖によじ登ろうとするポーズを決めている。

それをヴァイオレット・ハンター――「ブナ屋敷」の家庭教師――とグルーナー男爵――「高名の依頼人」の悪党――が熱心に写真に撮っていた。

橋を渡り、山の中腹まで到着すると、正面に轟々と飛沫をあげる滝が見えた。

切り立った岩肌の合間を流れ落ちる、激しい水流。

『最後の事件』の一節が読み上げられた後、その滝の一番上からホームズとモリアーティ教授を模した人形が放られた。

二つの人形は手足を投げ出しながら、宙を舞う。

滝壺へ向かって落下してゆく。

身体は絡まりあったまま岩棚にぶつかり、跳ね返り、最後には白く泡立つ水の底へ呑まれ、消えて、見えなくなった。

アイリーン・アドラーがレースのハンカチを取り出し泣いてみせた。

雨足が次第に激しくなっていた。

リブロは茶色いコートを羽織っていたが、まだ寒かった。

周到に用意されていた黒い喪章が全員に配られた。

父と母が並んで滝の前に立つ。

写真を撮られるのが嫌いな父も、さすがにそこで躊躇はしなかった。

兜を被った父と着物姿の母。

リブロは小さなコンパクトカメラを構える。

一眼レフのカメラは空港でリュックサックごと盗まれてしまっていたのだった。

ファインダーを覗くと、吐き出す息であたりが白く霞んで見えた。

ピントが自動で合わされる。

シャッターが降りる。

父と母の姿が、この目の前の光景が、刻まれる。

二人の胸には喪章がピンで留められていた。

フィルムが自動で巻き取られる音が小さく響いた。

＋

マイリンゲンの町で、リブロはコナン・ドイルの五番目の子ども、娘のデイム・ジーン・ドイルを見た。

その町の広場に完成した「シャーロック・ホームズ博物館」の開館式のために、ロンドンから招かれていたのであった。

白髪のデイム・ジーンは祝杯のグラスを手に、父も喜び光栄に思うでしょう、と挨拶をした。

デイム・ジーンが、父、ドイルを亡くしたのは十七歳のときのこと。

その後の第二次世界大戦ではイギリス空軍の軍人として戦い、定年まで空軍に勤め上げた人だという。

デイム・ジーンは、いま七十八歳。乾杯のシャンパングラスを持つ右手は小刻みに震え続けていた。

家

車椅子に乗せられた父は、医師や看護師たちに見送られ、病院を後にした。

あまりに長く入院していたので、病院のシスターたちとは殆ど顔なじみになって、退院を寂しがられさえした。

でもまたは、こなくてもいいですよ。

シスターたちが玄関まで出て送ってくれた。

空気はまだ冷たかったが、振り返ると窓の向こうでは庭の木々が一巡してまた芽吹きはじめていた。

退院するときのタクシーは、もうストレッチャー用のバンではなく、車椅子タクシーだった。

父はテープ式で着脱できるブルーの靴を履き、四足の杖を手に、何歩かなら歩けるようになっていた。母にズボンの腰を支えられながら、父はタクシーに乗り込んだ。

どうしたわけか病院の荷物は山のように増えていて、大きなボストンバッグ二個でもまだ収まりきらなかった。それをアジサイとリブロが抱えて持った。

退院は平日の昼間だったが、リブロはちょうど事務の仕事を辞めたまま失業手当で暮らしていて暇だった。

モモは仕事で、ユズは生まれたばかりの赤子の世話で、それどころではなかった。


父が家へ戻る。

母に支えられながらタクシーを降りた父は、じっと押し黙ったまま家を見あげる。

その膜が張ったような目に、この場所は懐かしく映ったのか、はたまた覚えのない場所に映ったのか、わからない。

けれど、ひとつ確かなことは、父もまた、回復しようとしていた、ということだった。


父は四足の杖を手に、まっすぐ歩き出す。

一歩、また一歩。

病院では十歩歩くのが限界だった。

けれど庭の方に新しくできた玄関までは、二十歩以上の距離があった。

休み休みではあったが、父はそれを歩きぬいた。

新しくできた玄関から、増築された新しい部屋へ、足を踏み入れる。

おかえり。

アジサイが言った。

玄関から担架で運び出されたあの日から、約一年ぶりのことであった。

おかえり。

リブロも言った。

窓の向こうに、もうイチジクの木はなかった。

父は母に支えられながら、ただ黙々と、フローリングの床の上を歩き続けた。

ようやく電動ベッドの上へ辿り着く。

よほど疲れたのだろう。父はそのまま倒れ込むように横になると、すぐに目を閉じ眠ってしまった。

+

できることがひとつずつ増えてゆく。

とろみがなくても水を飲めるようになる。

固形物を噛めるようになる。

トイレの入り口から便座へまでなら手摺を伝って歩けるようになる。

生まれたばかりのユズの娘を、赤子をその胸に抱いて、父ははじめて笑った。

アジサイの娘たちの名前はまだ時々思い出せないけれど。

それぞれの名前を呼べるようになる。

モモ。アジサイ。ユズ。リブロ。

＋

父が回復してゆく。

あらゆることが、もとどおりになってゆく。

平日の午後には、ヘルパーさんが交代でやって来て料理や沐浴を手伝ってくれていた。

食卓には、卵や肉を使った目新しい料理が並ぶ。

そもそも母は料理など滅多にしなかったから——大概は近所の中華の出前か、隣の家のおばさんからの惣菜のおすそ分けだった——これは稀に見る展開だった。

あまりにも豪華な食卓を見たモモは驚いて言った。

いまに、青いガーネット入りのガチョウ肉だって出てくるかも。

沐浴時には、父の髪を洗いながらタオルで耳まで拭いてくれるものだから、耳垢が詰まったままだった父も、恐ろしく清潔になった。

やがて父はベッドから起きて、椅子に腰掛けられるようになる。

未だ口数は少なかったが、虫眼鏡を手に、本も読めるようになる。

一本の指でなら、パソコンのキーボードも打てるようになる。

ひょっとしたら、あと一年もすれば、また翻訳だってできるようになるかもしれない。母は次に翻訳したいと考えている本を何冊か、父のベッドの脇に積みあげさえした。


真新しかったフローリングの床も、たちまち本で覆われ見えなくなってゆく。


リブロたちは、交代で家を訪ねた。

けれどそれも次第に間隔が開いてゆく。

モモは仕事が休みの日には、新しい資格のための勉強をはじめるようになる。

アジサイは娘の留学の準備で、あちこちを駆け回っている。

ユズはまだ小さい娘の世話に、日々追われている。

リブロは吉祥寺から下目黒へ引越し、派遣で事務の仕事をはじめた。

それぞれが、それぞれのことに、忙しくなる。

以前の生活が、日常が、戻ってくる。

リブロは広々としたオフィスの隅でパソコンに向かって仕事をしていると、もはや父が入院していたことが、遥かむかしのことのように思えてくるのだった。

あらゆることが、何もかもが、回復する。

もとどおりになる。

もとどおりになる、はずだった。

○

父が一度目の結婚をしたのは一九五九年、昭和三十四年。三十歳のときのことだった。

新潟大学医学部を卒業後、東京大学大学院神経精神科を修了してすぐのこと。ちょうど皇太子と美智子妃のご成婚が行われたのとおなじ四月のことであった。

皇太子は燕尾服に大勲位菊花大綬章、美智子妃はティアラを冠にし真白なローブデコルテに勲一等宝冠章姿。皇居から渋谷の東宮仮御所まで六頭立て四頭引きの馬車に乗って、パレードも行われた。

沿道には大勢人が詰めかけ、それはテレビ中継までされた。

祖父はそれを診療所にわざわざ新しく買ったテレビで観ながら、かつてニュース映画で観た前の昭和天皇のご成婚パレードのときには馬車ではなく自動車——最新型のデムラー——と近衛騎兵たちだったと、父にわざわざ電話をよこした。ちょうど関東大震災の頃で、馬車は震災で焼けてしまったからだったとか。

かつて神だった天皇陛下も、いまやもう人間だった。そうして遂には、皇太子が民間人の女とテニスコートの自由恋愛の末に結婚するのだ。

いずれにしても、父はご成婚などというものに全く興味を示さないどころか、自らの結婚式さえ嫌がって、結局両家の挨拶だけしかやらなかったのだった。まだ二十代の若い妻は白無垢もドレスも着られないのかと落胆したが、文句も言わずにじっと黙った。

八月、父はその妻を連れ、フルブライト留学生としてアメリカへ渡ることになる。まだアメリカ行きが珍しかった時代のことである。

「氷川丸」という客船に乗っていった。

戦争中は海軍特設病院船になっていたが、六年前にシアトル航路へ戻った船だった。一等ダイニングはアール・デコの装飾が施され、白いクロスのかかったテーブルには金色で縁取られた皿が並ぶ。夜になると、社交室では毎晩ダンスパーティが催された。

ちょうど次のオリンピックが、東京で開催されると決まったばかりのころだった。神宮外苑には大きな本会場が、代々木には選手村がつくられることになるらしい。新幹線も新しい道路も、あちこち開通することになるらしい。もうすぐ先進国の仲間入りだ、と息巻く男たちの話はいつも盛りあがっていた。

父は一等喫煙室の革張りのソファに腰掛け、祖父から餞別に贈られたパイプでまだ慣れないタバコを燻らせながら、奇妙な気持ちになった。

あの敗戦の日、死ぬに死ねなかった十六歳のあの日から、もうすぐ十五年。

いま、この豪華な船で、アメリカへ向かっているのだ。しかも妻まで一緒に。

勤めたのはペンシルバニア州のピッツバーグ大学。

父は赤いフォードを手に入れ、コカ・コーラを飲んだ。

広々としたアパートの部屋には大きなオーブンレンジ、食器洗い機に、全自動洗濯機。

研究所ではパンやコーヒー、チョコレートやビスケットなんかまで飲み放題食べ放題だった。父は毎日それをカバンに詰め込めるだけ詰め込んで持ち帰った。

ピッツバーグの病院で、長女モモが生まれた。

その後、一家はイリノイ州ゲイルズバーグへ引っ越した。父がイリノイ州ゲイルズバーグ精神医学研究所勤務になったためである。

モモは三歳までをそこで過ごすことになる。

後年モモは全く英語を話さなかったし、海外旅行へ行くことも滅多になかった。しかし、ただ一度だけ成人式代わりにと無理やり送り出されたハワイで、ガイドブックに書かれていた英語を喋ったところ、イリノイ州のご出身ですかと尋ねられた、という伝説だけが、姉たちの間で語り継がれた。

＋

三年半のアメリカ滞在を終え父たちは帰国する。

帰りは荷物だけが船に乗り、父と腹の大きな妻はまだ幼いモモの手を引き飛行機に乗った。

飛行機は、羽田の東京国際空港に到着した。空から地上を見下ろすと、モノレールが工事中だった。

一家は、東京郊外の練馬、グラントハイツの近くにアパートを借りた。

東京はあちこちに五輪旗が掲げられオリンピック一色のムードだったが、そのあたりならまだ家賃が安かったし、グラントハイツ一帯はなんとなくアメリカ時代を思い起こさせるものだった。

父は新宿区にある神経研究所附属晴和病院に勤め、精神薬理のための実験や治療を行った。

遂に東京オリンピックが開催される。

聖火リレーや式典がカラーでテレビ中継された。

自衛隊の飛行機が青空に白いスモークで五輪のエンブレムを描き出していた。

広島に原爆が投下されたその日に広島で生まれたという男が聖火リレーの最終ランナーで、空へ向かって階段を駆け上がる。聖火を点火した。炎が立ち昇る。

妻とモモだけが、毛玉ひとつないソファに腰掛けそれを観た。ベビーベッドでは、アジサイが寝息をたてていた。部屋は整然と片付けられていて、机の上には花まで飾られていた。しかし父はそれを観なかった。そもそも父は病院へ行ったきり殆ど家へも帰らなかったからである。

それでも三女ユズが生まれた。

けれど父はその後も家へは帰らなかった。

ふたりは離婚。子どもたち三人は、父が引き取った。

姉たちの話によれば、ある日、朝起きると、ママの荷物と一緒にママがいなくなっていたということだった。

父が再婚するのは、それから八年後のことになる。

アパートが手狭になったため、中古の一軒家——東京郊外、練馬のキャベツ畑の真ん中にある木造の一軒家——を買うため、銀行に金を借りに来ていたときのこと。

父は金を数える銀行員の女と話をした。

女は大きな眼鏡をかけて、右手の人差し指にはグリーンのゴムサックをつけていた。

札束を手早く孔雀の羽根のように広げると、見事に十万円ずつ数えてみせた。

本が好きだと女は言った。

外国へ行ったことはないが、外国語を勉強している。

父は本であれほど勉強した英語が、実際アメリカでは微塵も通じなかった経験を思い出し微かに胸が痛んだが、それは随分とまた殊勝なことで、とだけ返事をした。

それから女に手渡された札束を胸ポケットに押し込むと、一度も振り返ることなく銀行を出た。

次に、父が女に偶然会ったのは、銀行のそばの路上であった。

女は左手に大きすぎる茶色のカバンを、もう片方の手に本を持って読みながら、恐らく帰宅の途中であった。

事実、女は本が好きらしかった。

歩きながらまで読むほどに。

父は女が手にしているその本のタイトルを見て驚いた。

『正しく覚えられるエスペラント入門』

それはかつて父が金沢の古本屋で手にし、学んだのと同じ本だったから。

咄嗟に女を呼び止め、父は言った。

Marta《マルタ》 vent'《ヴェント》, Aprilaj《アプリーライ》 ploroj《プローロイ》;

それはエスペラント語、第二十一課に挙げられていた例文だった。

　三月の風　四月の嘆き
女がエスペラント語を聞いたのははじめてのことだった。

これまでそれは本でしか読んだことがなかった言葉であったから。

しかしすぐさま女はそれを理解し答えた。

Tiam《ティーアム》 venas《ヴェーナス》 Majaj《マーヤイ》 floroj《フローロイ》.

　其時　来る　五月の　花が
父と女は顔を見合わせた。

女がぱっと笑った。その拍子にメガネがずり落ちた。

ほどなくして父はその女と再婚した。

その女が、モモの、アジサイの、ユズの、そしてリブロの母になる。

○

リブロが家を出たのは十八歳、大学に通いはじめてすぐの頃だった。

正確に言えば、家を出たと言うよりも、家に帰らなくなったのだった。

その頃にはもう、モモも一人暮らしを、ユズも同棲をはじめ、それぞれ荷物をまとめて家を出ていた。

しかしリブロは中途半端にだらしなく、時々荷物を取りに家へ戻ってはまた出てゆくことを繰り返していた。

どこかアパートを借りるでもなく、友人の家に居候したり、ボーイフレンドの家を転々としたりしているようだった。

父と母はその跳ねっ返りぶりには頭を悩ませた。

かつてモモの門限は、夕方六時だったというのに。アジサイも、ユズだって一度だって真夜中より後に家に帰ることはなかったし、外泊なんてしたこともなかった。

なのにいまじゃリブロは一週間経っても家へ帰らない。

リブロの携帯電話は大概電波の届かない場所に置かれていたし、メッセージにも滅多に返信しない。とりあえず大学へは行っているようだったが、他はいったい何をしているのやら。

いつまで経っても通じない携帯電話に電話をしながら、母は、姫やスリークオーターの失踪よりはずっとまし、と冗談を言った。

グリーンの絨毯の部屋だけが、リブロの荷物と侵食してきた腐海の本が混ざり合う、奇妙な空間になっていた。

しかし父と母には、リブロをいちいち叱りつけている暇などなかった。

その同じ頃、遂にシャーロック・ホームズ物語、全六十篇を翻訳し、全集を刊行するという大きな仕事に取り掛かろうとしていたのである。

聖典《Canon》の編纂である。

刊行は一九九七年、九月からスタート。

『緋色の習作』『四つのサイン』『シャーロック・ホームズの冒険』『シャーロック・ホームズの思い出』『バスカヴィル家の犬』『シャーロック・ホームズの帰還』『恐怖の谷』『シャーロック・ホームズ最後の挨拶』『シャーロック・ホームズの事件簿』。

全九巻。

全てコナン・ドイルの発表・編纂順、挿画はシドニー・パジットのものを復刻する。注と解説はオーウェン・ダドリー・エドワーズ他。解説の翻訳は高田寛。出版社は河出書房新社。

全ての巻の表紙にもパジットの絵があしらわれ、タイトルまわりには黄金色のデザインが施されることになった。

+

刊行が完了したのは二〇〇二年五月。五年にわたる月日であった。

その間、アメリカではツインタワーに飛行機が突っ込みビルが崩壊し、アフガニスタンへの空爆が続いていた。

いまや書斎と化した台所の炬燵のテーブルには、輝くばかりの黄金色が施された『シャーロック・ホームズ全集』九巻だけが、堂々と並んでいた。

父と母がパーティーをするなど前代未聞の事態であった。

そもそも父が行事全般を忌み嫌っていたし、酒も飲めなかった。そのうえ母は外出にも食物にもまるで興味がなかったからである。

しかしさすがにそのときばかりは、家族で出版記念のパーティーが開かれることになったのだった。

リブロが店を手配した。

＋

新宿にあるイギリス田園風のレストランの一室を借りたのだったが、それはリブロの予想に反して最悪だった。そもそも花模様のカーテンは安っぽく、部屋は昼間なのに薄暗くて汚かったし、料理はまずくて、値段も高かった。

父はパーティーだというのに、相変わらずつっかけサンダルでレストランに現れ、母はレストランの何にも興味を示さなかった。

ただ、それでもだれも文句は言わなかった。

そもそも、こうして家族が集まることが、久々だったから。

アジサイが娘をふたり、ユズが娘をひとり連れてきていて、賑やかだった。

父と母にはユズが用意したバラの花束が手渡された。

モモと遊んでいたユズの娘がテーブルに頭を打つけ、その拍子にグラスがひとつ落ちて割れた。

顔を顰める店員に、記念写真を撮ってもらうことにした。

リブロがデジカメを手渡す。

光は1と0に変換されて刻まれる。

フラッシュが光りすぎていたし、リブロは半目だったし、画素数も少なかった。

父は七十三歳、モモ四十二歳、アジサイ三十九歳、ユズ三十六歳、リブロ二十四歳、母は五十四歳。

アジサイの子どもは十二歳と七歳、ユズの子どもは四歳だった。

これが最後の家族写真になる。

＋

レストランからの帰り道、JR新宿駅へ向かって歩いていると、東急ハンズの手前にあるウッドデッキの歩道にひとだかりができていた。

リブロが覗いて見ると、その真中には初老の男が大の字になって倒れていた。

灰色のズボンの前部分には失禁したのだろう、黒い染みができている。

すぐその脇では中年の女がお守りが幾つもぶらさがった折りたたみ式の携帯電話を握りしめたまま、為すすべもなくただ立ちすくんでいた。

父もそれを見たが、ただ小さく言った。

ここでできることはもうないな。

モモは近くにいた人に、倒れてから身体を動かしていないかどうかを確認していた。

アジサイとユズは母と一緒に素早く子どもたちの手を引いた。

燦々と陽が降りそそぐ長閑な午後。

やがて救急車のサイレンが近づいてくる音が聞こえる。

+

コナン・ドイルの手により、ひとたびはライヘンバッハの滝で殺されたはずのホームズは、やがて生き返ることになる。

「『ホームズ!』」と、わたしは叫んだ。「本当に君なのかい。本当に生きていたのかね。あの恐ろしい滝壺から這い上がってこれたなんて!」

結局、ホームズは復活させられ、物語はその後も書き続けられることになったのだった。

その間、ドイルは妻を亡くし、ボーア戦争へ従軍し、ロンドンからクロウバラへ引越しをし、随分前に一目惚れした女と再婚をした。

かつて二十八歳だったドイルは、六十八歳になっていた。いまや王室よりナイトの称号を授けられ、サー・アーサー・コナン・ドイルであった。

ホームズ物語は、約四十年にわたって書き続けられた。それは、子どもの頃にホームズ物語を楽しんだ読者が、やがて成長し自分自身の子どもがまたおなじ物語を楽しむのを目にするという、二世代にわたる読者を得るに充分なほどの長さであった。

しかしそれも一九二七年の『シャーロック・ホームズの事件簿』の刊行をもって本当の幕となる。

その三年後、ドイル自身もまたこの世から去ることになる。

＋

現実の人間であれ、架空の人物であれ、ホームズもすべからく人間の運命を甘受し、この世の舞台から退いていかなければならないのだ。

帰還

父がふたたび病院へ入院することになった。

家へ戻ってから一年半あまり後のことだった。

貧血もあり病状が良くないということで、以前も入院していた東武練馬の病院ではなく、荻窪にあるキリスト教系の総合病院で診てもらうことになったのだった。

リブロはアジサイとユズと駅で待ち合わせ、病院を訪ねた。

エントランスには小さく十字架だけが掲げられていた。

相部屋が満室だったとかで、父は個室のベッドで寝かされていた。

個室なんて金が勿体ないと、点滴を繋がれながらも、文句を言っている。

アジサイがほっとしたように部屋を見まわして言った。

バッキンガム宮殿とまではいわないけれど、なかなかいいところじゃない。

実際、部屋は明るく清潔で、窓からは広々とした街並みが見えた。

母がリブロたちに耳打ちした。

パパ、もって一週間なんだって。

けれどこれまでも父は、何度も死ぬ死ぬといわれてきたのだ。

そもそも、子どもの頃にだって、十歳までしか生きないといわれていたのだ。

倒れてたときも、助からないといわれたではないか。

植物状態になるといわれていた。

けれど、死なずにここまできたのだから。

夕食の配膳がはじまり、父のもとへグリーンのトレイが届いた。

父は自分の手で箸を握り、五穀米の紫色のごはんをかきこむようにして食べていた。いまでは、もう、箸まで使え、固いものだって、食べることができるのだから。

こんなにも、回復したのだから。

病院の食事はベジタリアン食らしく、肉や魚のかわりに野菜や豆腐がならんでいた。

身体に良さそう、とユズが何度も言った。

父が食事を食べ終わる頃、モモが病室へ走り込んできた。

仕事を早く切り上げてとんで来たのだろう。バレッタで留めた髪がすっかり乱れていた。

食事をする父の姿を見て、モモは涙目になった。

やだ、元気そうじゃん、安心した。

今度退院したら、養蜂でもはじめたらいい。


結局、その日は、母が病室に泊まることになった。

アジサイとユズは子どもの世話があるからと先に帰り、消灯時間が過ぎたところで、モモとリブロも病室を出た。

電気が消えて静まり返った廊下を歩いた。

エレベーターに乗り込むと、下のフロアから大きな腹を抱えたピンクの寝間着姿の妊婦が乗ってきた。

そこは産婦人科の入院病棟らしかった。

夜間の出口を出ようとしたところで、モモが教えてくれた。

ここは無痛分娩でも有名な病院なんだよ。

食事もちゃんとしてるし、いい病院だよね。

こういうところで子どもを産めたら、きっといいだろうな。

モモとリブロはそう話し合った。

けれど、モモはもう子どもを産める年齢を過ぎていたし、リブロには子どもをつくる相手などいなかった。それにいま、この病院で、父は死にかけているのだった。

外へ出ると、ついこのあいだまで蒸すように暑かったはずの空気が、肌寒い。

＋

一週間を過ぎても父は死ななかった。

ほらやっぱり、とリブロは思った。

けれど一週間と三日目に、父の意識は混濁し始めた。

それから名前を呼んでも、父はもう、目を開けなくなった。

日曜日の夕方、病室に家族全員が集まった。

父は目を閉じたまま、ずっと呻き、うわ言のように子どもたちの名前を呼び続けていた。

モモ。アジサイ。ユズ。リブロ。

何かとてつもなく大きなものがやってきて、父をさらっていってしまおうとしていた。

リブロたちはそれを知っていた。

なのにただ為すすべもなく、佇むことしかできない。

あまりにも無力だった。

リブロ！

父がまたその名前を呼んでいた。

ここだよ。

ここにいるよ。

リブロは必死で答える。

それでも父は名前を呼び続けていた。

ゆっくりと父が呑みこまれてゆく。

リブロ！


気づくと病室に残っていたのは母とリブロだけだった。それぞれ終電にあわせて家へ戻ったが、リブロはうっかりそれを逃してしまっていたのだった。

父が呻きながら、子どもたちの名前を呼び続けている。

ここだよ。

ここにいるよ。

それが夜中の三時まで続いたとき、リブロはもう耐えられなくなって病室を出た。

ここだよ。
ここにいるのに。
その手を握っているはずなのに。
その手が、父が、少しずつ、ここから離れてゆく。
あてどもなくしばらく歩きまわってから、大通りへ出て、タクシーを拾った。
こんな時間にわざわざ家へ戻るなんて、どうかしている。
いま、父は死にかけているというのに。
リブロは、その手を離す。それから、後ろも振り返らずに、走り出していた。
大きなものがやってくる。
深夜だったし下目黒までは遠かったので、タクシー代は異様に高かった。
リブロはアパートへ帰って、ひとりベッドに潜り込み、ただ、目を閉じた。

＋

父が死んだのは、二〇一〇年。
コナン・ドイルが死んでからちょうど八十年目の年のことであった。

病院へ駆け戻ったとき、父は既に死んでいた。

リブロはアパートへ帰ってから、一時間も経たないうちに、またふたたびタクシーで戻ってくることになったのだった。

父は上を向き顎ががくりと開いたままになっていた。

ベッドの脇では母が泣いていた。

看護師が二人、賛美歌を歌い、祈ってくれていた。

あまりにも大きなものを、人智を超えた畏れを、条理のないものを前に、リブロも両手を合わせて祈った。

なぜ祈るのか。リブロ自身にもわからなかった。

哀しかったから。悔しかったから。畏ろしかったから。そのどれでもあったし、どれでもなかった。

けれど祈りというものはこういうときのためにあるのかもしれない、とリブロははじめて知った。

父の顔は土色だった。

それは固く冷たくもう肉ですらないものみたいだった。
ひとりの人間が死ぬ。
生まれてこの世界にやってきてから八十一年間。
その目に、身体に、脳に、刻まれた、全てのものたちが、失われてゆく。
その記憶が、過去が、存在が、消えてゆく。
病室に、モモが、アジサイが、ユズがやってくる。
みんな祈った。
母とアジサイ以外、キリスト教などだれも信じていなかったのに、それでも祈った。
みんな泣いた。
けれどリブロは涙も出なかった。
窓の向こうで、夜が明けてゆく。
そのおなじ夜、おなじ病院では、三人の赤子が生まれていたという。

谷

父の葬式は杉並の小さなセレモニーホールで行った。

生前からあらゆる行事を悉く忌み嫌っていた父が、葬式などというものを歓迎するはずもない。家族と親戚、ごく親しい人たちだけで、別れの会をすることにした。

アジサイがてきぱきと葬儀屋を手配した。

葬儀屋は花輪からフルーツの盛り合わせ、果ては提灯まで勧めてきたが、みんな断ったので一番簡素な形になった。

それでもまだ高すぎると母が文句を言ったので、結局、父の死に化粧をユズが施すことになった。

そもそも死体に化粧なんてしたことないし、ましてやパパに化粧をするなんて、とユズは本気で困っていたが、その死に顔は華やかに仕上がった。

死んだときに開いたままだった顎はバンドで閉じられ、鼻には脱脂綿が詰められていた。

顔の周りを取り囲むように百合の花まで添えられた。

遺影にするような写真もなかったので、リブロが父の写真の背景をフォトショップで切り抜き、それを白いリボンのついた額縁に入れて飾った。

それを眺めたモモは、手紙や小切手なんかも偽造できそうじゃない、と褒めた。

式は、母が神父様に頼んで、執り行ってもらった。

　天にまします我らの父よ

神父様の姪だという若い女がバイオリンで「アヴェ・マリア」を弾いてくれた。

なんだか結婚式みたいだとリブロは思ったが、実際、それはアジサイの結婚式で演奏されたのとおなじ曲だった。

いっそのことBBC版シャーロック・ホームズのオープニング曲でも演奏してもらえばよかった、とハンカチで涙を押さえながらユズが呟いた。

それならバイオリンでぴったりだし、泣けずにすむのに、とアジサイも洟を啜った。

式が終わるとすぐに、母は裏の控室で香典を全部袋から出して金を数えた。

右手の指に嵌めていたグリーンのゴムサックはもうなかったが、一万円札を孔雀の羽根のように広げてみせた。

　Marta vent', Aprilaj ploroj;

三月の風　四月の嘆き
Tiam venas Majaj floroj.
其時　来る　五月の　花が

母はひとりエスペラント語で呟きながら、見事に十万円ずつ数えたのだった。

＋

火葬場は真新しく、床は大理石風で、コンサートホールと見紛うような綺麗さだった。

ただ脇には煙突があり、そこから白い煙が立ち昇っていた。

前日が友引だったせいか、火葬場の待合ロビーは混み合っていた。

喪服姿の人たちで溢れかえり、そのまわりを黒や紺の服を着せられた子どもたちが駆け回っている。

炉はすでにフル稼働のようで、がらんとした奥のホールにだけは炉の音が響いて聞こえた。

棺桶が台車に載せられる。

最後のお別れをする。

その左手に嵌めていた緑色の石がついた指輪はユズが外した。

リブロはそれをただ遠くからじっと眺めた。

これから、この身体そのものが、消え失せることになるのだ。

アジサイの娘は紺の制服を着せられ退屈していた。ユズの娘はその夫のところでむずかって暴れていた。

ホールには炉が幾つも並んでいる。

右と左の両方でも最後のお別れが行われていた。

右では袈裟を着た坊さんが数珠を手に南無阿弥陀仏を、左では木魚を打ち鳴らしながら南無妙法蓮華経を唱えていた。

その中央でローブを着た神父様が、十字を切って大きく祈りを唱える。

それは哀しいを通り越して、お笑いみたいな光景だった。

棺桶がいっせいに電動のベルトコンベアみたいなものに載せられて、それぞれの炉の中へ運び込まれてゆく。

喪服姿の人たちがここぞとばかりに泣き声を張り上げた。

銀色の如何にも重そうな扉が閉じられる。

両隣の棺桶も炉の中へ入れられ、扉が閉じられる。

その場で棺桶を見送る人たちがいっせいに大きく声を上げて泣いた。

リブロもつられて大きく泣いた。

炉のスイッチが入れられる。

焼きあがりまでには約一時間。

駐車場の脇へ出て上を見あげると、煙突からは煙が立ち昇っているのが見えた。

その白い煙が、父のものか、あるいは他のだれかのものかは、わからない。

ただそれはすぐに空に散って消えてゆく。

秋晴れだった。

＋

父は骨になった。

火葬場の人は、綺麗な立派なお骨です、と父の骨を褒めた。

目を真っ赤に泣きはらしたモモとアジサイは顔を見合わせ、あの人ジェイムズ・モーティマー――「バスカヴィル家の犬」に登場する頭蓋骨マニアの医師――なんじゃないの、と囁き合った。

リブロたちは、いっせいに銀色の台の上を覗き込む。

かつて祖父がレントゲン写真で見たものが、いま、この目の前にあった。

頭蓋骨、肋骨、背骨、大腿骨……

骨は不思議と薄紫色だった。

母とモモが一緒になって銀色の長い箸でそれを摑む。

骨の形はゆっくりと崩れてゆく。

ときどき白い灰が小さく舞いあがる。

リブロは母から箸で摑んだ父の頭蓋骨の破片を渡される。

それを箸で受け取り白い陶器の骨壺に入れた。

＋

父の遺骨は話し合いの末、イグナチオ教会の地下にある納骨堂に収めることにした。

リブロたちが揃って二十一年ぶりに訪れたイグナチオ教会は、すっかり建て替えられていた。

新しい建物は薄茶色の卵型の建物だった。

もう、そこには切妻屋根も、アーチも、鐘塔もなかった。

アジサイは、バラ窓がなくなってしまったことを残念がった。

建物の内部にあったステンドグラスだけは、以前のものを保存し移設したというので、リブロたちは聖堂を覗いてみた。天井はガラスで蓮の花が象られていて、もうそこはノアの方舟ではなかった。

ところどころで椅子に腰掛け、祈りを捧げている人がいた。

あたりをみまわす。

それから地下へ続く螺旋階段を降りたところに、大きなステンドグラスがあった。キリストの生誕から死、復活までが描かれている。

リブロはそれを見上げたが、それが果たしてかつてと同じものだったかどうか、もう思い出せない。

父は正装も黒い服も嫌いだろうからと、それぞれが色とりどりの服を着ることにしたのだが、母はよりにもよって、ディアストーカーとインバネスコートにズボン姿で、両手で風呂敷に包んだ骨壺を抱えていた。

地下の納骨堂はしんと静まり返っていた。

中央には聖母マリア像とイエス・キリスト像が据えられ、それを取り囲むようにロッカー式の納骨室が並ぶ。

父の遺骨を、その扉のうちのひとつに収めた。

これが父の新しい墓だった。

ロッカーの左上には金色のプレートがつけられていて、そこには父の名前が刻まれている。両隣にも上下にも、もう骨壺が収められているのだろう。扉には蠟のシーリングが施されていた。

そこで記念写真を撮ることにした。

ちょうど後ろを通りがかったシスターが、母の折りたたみ式の携帯電話のシャッターを押してくれた。

母、モモ、アジサイ、ユズ、リブロ。

父の墓の前に、五人が並ぶ姿が、刻まれる。

すぐに液晶画面の写真を確認しながら笑った。

女ばっかりだね。

そのうえ背景はただのコインロッカーのようにしか見えなかった。

挨拶

父の持ち物を片付ける。

この家では、これまで誰ひとりとしてやったことのない片付けというものに取り組まなければならなかった。その例外である、ユズとアジサイ――アジサイは突如数年前片付けに目覚めた――が、陣頭指揮を取った。

月に一度全員が集まり、父の原稿や書類を整理した。

十年来開かずの間になっていたグレーの絨毯の部屋を開ける。

その奥へ足を踏み入れる。

積もりきった埃であたりがくすんで見えた。

ユズとアジサイがマスクに軍手とゴーグルという完全装備でそこへ突入してゆく。

エベレストかどこかへ登ろうとする登山隊みたいであった。

壊れかけ、襖が外れそうになったままになっている押し入れをこじ開ける。

そこからは、幾箱もの蜜柑のボール箱に詰め込まれた本や書類が出てきた。

恐らくそれは、祖父が死んで蒲郡の家を引き払った際、父が車で運んできたものだろう。

父がハルビン時代に集めていたポストカードの束。戦時中に書き記したノート。エスペラント語の教本。臙脂色の布張りのアルバムには、祖父が撮影した、生まれたばかりの父の写真が幾枚も貼られていた。

その写真の傍には祖父のきっちりした文字が書きつけられていた。

司　誕生

リブロは素手でそのアルバムを捲りながら、その写真に見いった。

祖父が撮った、父の写真。

リブロは、祖父を知らない。

祖父が死んだのは、ちょうどリブロが生まれる直前のことだったから。

父は三人の姉たちを連れて、東京から蒲郡の家まで遥々車で戻った。母は大きな腹を抱えていたので、葬儀には参列しなかった。

遺言どおり通夜は蒲郡の家で盛大に行われた。これまで医院で診た患者たちも、近所の人たちも、ひとりのこらずみんな集まった。

子どもの頃から拾石の薬師如来様にお参りしているという背の曲がった老女がふた

り連れ立ちやってきた。老女たちは姉妹だそうで、乾いた皺だらけの手で父の手を握りしめながら交互に啜り上げながら言ったという。

あんたのところに赤ん坊が生まれると聞いた。

これから生まれて来るその子は、きっと先生の生まれ変わりだろう。

いつかあんたみたいに成人して、医者になり、代々続いたこの家を継いでくれるに、違いない。

老女たちがそれを喋ったのはきつい方言だったし涙声だったので、父はもはやそれをうまく聞き取れなかった。そもそも祖父が育ったこの町にいたのは、中学生の頃のたった一年半ばかりのことだったから。

父はその言葉の意味が半分以上もわからなかったが、とにかく深く頷き山ほどの饅頭を受け取った。

それから一週間と三日後、リブロは生まれたのであった。

しかしあの老女たちのお告げに反して、リブロは医者にならなかった。

血が、医者の血が、途絶える。

薬師如来像だけは、変わらずそこにあった。

祠はすっかり傷んでしまっていたので、屋根をトタンに張り替えた。

この家は、やがて十二代目、リブロの代で失われることになるだろう。

半年が過ぎても、片付けは一向に終わる気配がなかった。

マスクに軍手とゴーグル姿のユズとアジサイが奮闘したが、アルバムを開いたり、ノートやポストカードをためつすがめつするのに忙しいリブロとモモと母は、全く戦力にならないのであった。

母はボール箱の底から出てきた古いコインを古道具屋に高く売れるかもしれないとネット検索に勤しんでいた――結局、全くの安物であると判明したのだったが――。

写真アルバムやノートは、もうやけをおこした母が処分するというので、リブロがボール箱に入れて家へ持ち帰ることにした。父の使っていた鉛筆や鉛筆立てにあったルーペ型のキーホルダーなんかまで貰った。

ただでさえリブロの部屋は本や荷物でいっぱいなのに。

ユズはエクステした睫毛をしばたき、マスクの下で何度もくしゃみをしながら言った。

これじゃあ、壁にピストルでV.R.――Victoria Regina ヴィクトリア女王の頭文字――って撃ち抜く日も、近いわね。

アジサイは軍手を嵌めた手を振り、付け加える。

これじゃあ、コカインとモルヒネに手を出す日も、近いわね。

モモだけはひとりマスクもつけず埃だらけの床に座り込み、泉屋のクッキー缶の中から大量に出てきたアメリカ時代の白黒写真をただひたすら素手で一枚一枚繰りながら見続けていた。

結局、その日もたいした進展もないまま夜になり、近所にできたばかりの回転寿司屋へ夕食を食べに出かけた。

モモとアジサイとユズとリブロが並んで歩く。

まるでウィギンズの散歩へ出かけていた頃みたいだった。けれど、ウィギンズはもういなくて、ひとりきりになった母だけがいた。

バス通り沿いには、うどん屋とイタリアンのチェーン店、コンビニまでできていた。

光が丘方面に向かう通りは、いつのまにか道幅が拡張されていて、真新しいアスファルトで舗装されている。なんでも、ふたつ先の交差点のあたりには大江戸線の新しい駅ができるのだという。

ユズは外へ出ても目をしばたいたままマスクを外さなかった。埃アレルギーだけでなく、花粉症もあるらしい。

キャベツ畑はもうどこにもなくて、夕闇の中には新品の建売住宅がずらりと並ぶ。レンガ風の壁模様。一階の玄関脇には駐車場。二階には小さなバルコニー。生垣にはモッコウバラの花。

回転寿司屋の自動扉を抜けると、LEDライトで照らされた店内は眩しいほどに明るかった。

タブレットで寿司を注文し、ベルトコンベアで寿司が届けられる仕組みらしい。

ユズはみんなのぶんのお茶を淹れて配ってくれた。

ベルトコンベアの上には、マグロや炙りサーモンなどに続いてプリンやりんごジュースなんかが一緒になってゆっくりと回転していた。

アジサイは醬油皿に早速醬油を注ぎ入れながら、あたりを見回し言った。

まあここは、我が家のシンプソンズってところだね。

帰り道、よく出前を取っていた小さな中華料理屋の前を通ったら、蛍光灯の入った電気看板が壊れたままになっていた。

リブロはボール箱を抱えて電車に乗るつもりだったが、ユズが車で送ってくれた。車は東映撮影所の方へ向かって走り、新宿線経由で首都高環状線を走る。連なるテイルランプの赤い光が眩しかった。

リブロは目を細めながら、この道を車で走るのは、父が死んだあの日以来だと気がついた。

深夜のタクシーで通ったこの道。

いま、リブロの隣にはユズがいて、後部座席にはチャイルドシートがつけられていて、カーラジオからは少女時代の楽曲が流れていた。

環状線のカーブを過ぎ、目黒線を抜ける。

道の両側では街の光が瞬いていた。

+

大きな地震が起きたのは、それから一週間もたたないうちのことだった。

その日は金曜日だった。

リブロが働いていた品川のオフィスビルも大きく揺れ、エレベーターが止まった。

分厚いバインダーがみんな床に落ちて散らばった。

晴れていたはずなのに、急に空が曇って勢いよく雨が降ってから、また晴れて奇妙な天気だった。

リブロの他にもうひとり派遣の事務で雇われている三上さんが、シャンパンゴールドの折りたたみ式の携帯電話を開いてテレビの中継を見せてくれた。

日本地図が映し出され、東北地方沿岸部が数字とともに赤や黄色に点滅していた。

津波に警戒してください。いますぐ避難してください。

震源地は宮城県牡鹿半島の東南東沖一三〇km。

マグニチュードは9・0。

リブロの後ろからも何人かが寄り集まって、その画面を覗きこんでいた。

東北が震源か。

東京でも電車は止まっているらしい。

余震があって、何度かまた建物がゆらりゆらりと揺れた。

リブロはひとりきりでいる母のことが心配になり、電話を掛けようとしたがもうその時には電話は繋がらなくなっていた。

三上さんは携帯電話のテレビ中継を見つめたまま、電車はいつ再開するだろう、と気をもんでいた。子どもが学童から帰る時間に間に合わないし、夫の会社だってこのへんだから、家まで電車で一時間はかかるんだ。

不安や文句をあれこれ口にして、それからじっと押し黙った。

携帯電話の小さな液晶に、映像が映し出される。

巨大な津波がいままさに押し寄せてこようとしていた。

どろりとした灰茶色の海。その海面がぐうと盛りあがり堤防をいまにも乗り越えようとしていた。

こちらへ向かって溢れ出そうとしていた。

リブロは、発光する液晶画面を見つめる。

乗り捨てられた車。繋がれたままの船。建ち並ぶ家。まだ真新しい建売住宅もある。

おお、来るぞ。来るぞ。

はやく。逃げて。

カメラを、携帯電話を、そこへ向け、映像を撮っている人たちの声が聞こえる。

溢れ出す。

海が、溢れ出す。

街。学校。神社。店。家。庭。道路。車。

この場所に、ここに、ひとりひとりがこれまで、見た光景が、聞いた声が、話した言葉が、触れたものたちが、ひとつのこらず、全て刻まれているのだ。

海が、押し寄せた波が、そのひとつひとつを、呑み込んでゆく。

刻まれたものたちが、侵食され、破壊される。

過去が失われてゆく。

リブロは大きく目を見開く。

海が溢れている部分が、黒い影のように見えた。

＋

仕事は途中だったが、全員が帰宅することになった。

オフィスビルの二十一階からは、非常階段を降りて、外へ出なければならなかった。

黙々と階段を降りる人々の行列が途切れなく続いていた。リブロもそこへ合流し、階段を降りてゆく。パンプスや革靴の踵の音だけが響く。踊り場を抜けても抜けても、まだ階段が下へ下へと続く。だれもが動揺していた。

いま、この瞬間にも、街が、人が、刻まれたものたちが、失われようとしているのだ。何かとてつもなく大きなものがやってきて、何かをさらっていってしまおうとしているのだった。

リブロたちはそれを知っていた。

なのにただ為すすべもなく、佇むことしかできない。

あまりにも無力だった。

十階を過ぎたあたりで呼吸が苦しくなり、踵が痛くなってきた。リブロはよりによって安物のパンプスを履いていたことを、後悔した。

ようやく一階まで降りきったところでふと見ると、財布をオフィスに忘れてきたと、絶望的な表情を浮かべて階段を見上げている男がいた。

オフィスの側を走る大通りには、車が渋滞したまま並んでいた。

あたりは暗くなっていて、赤や黄色のライトが眩しく見えた。

大勢の人たちがいっせいに群を成し、通りを歩いている。

三上さんは家の方へ向かって歩いてみる、と去っていった。その姿は人波に呑まれ、すぐに見えなくなった。

公衆電話の前には長い列ができていた。

携帯電話を手に、道の途中で立ち止まったままずっとメッセージのやり取りをしている人もいる。

陸前高田に親が住んでいる。気仙沼に友だちがいる。仙台に恋人が出張中。あの人は、あの人は、大丈夫だろうか。口々に小さな声で喋り合う。インターネットは繋がっていたので Twitter や Facebook で安否の確認をしているらしかった。掲示板には幾つものメッセージが書き込まれてゆく。

大概の店は明かりが消えて閉まっていたが、駅前のカレー屋だけはやっていて、家へ帰れなくなったと思しき人たちが、そこでナンを食べていた。

横断歩道の真ん中になぜか革靴が片方だけ落ちていた。

+

リブロは大勢の人たちと一緒に歩いて家へ帰った。

ソニー通りを抜けてから山手通り沿いを歩けばすぐだったので、一時間とかからずにアパートの部屋へ戻ることができた。

確か三上さんの家は世田谷だったので、まだ当分かかるだろう。

アパートは入り口の右側の壁に大きな罅《ひび》ができていた。

リブロの部屋はそもそも散らかっていたので、はなからひどい状態ではあったが、本棚が半壊したためボール箱が落下して、本と混ざり父の荷物があたりにぶちまけられていた。

リブロはパンプスも脱がずに部屋へあがりこむと、ばらばらになって折れ曲がりかけた父の写真アルバムやノート、鉛筆、キーホルダーなんかを拾い集めた。

父が写った写真。父が書き記したノート。父がその手を触れた鉛筆、キーホルダー。ここに残された、ひとつひとつの痕跡を、必死に掻き集める。

けれど、足りない。絶対的に、足りない。

それは、ただの断片でしかない。

どれだけ集めようとも、たったひとりが生きた、その人生にすら、満たないのだから。

失われてしまったものたちの、あまりの膨大さに、リブロは圧倒されていた。

＋

コナン・ドイルが「最後の挨拶」を書いたのは一九一七年。第一次世界大戦ただなかのことであった。

東風《こち》はドイツ帝国の方角から吹いていた。

一九一四年ドイツはベルギーに侵攻、フランスに宣戦布告。その翌日、イギリスはドイツに宣戦布告。ほどなくしてイギリスと同盟国だった日本も参戦することになる。


ドイツ軍がベルギー西部イープルで、世界ではじめての毒ガスを撒いた。

黄色がかった霧のような塩素ガスがあたりにたちこめる。

イギリス軍、フランス・アルジェリア軍の兵士たちが一日にして大量に死んだ。

やがてイギリス軍も毒ガスを開発。報復を開始する。毒ガスを撒く。

風が吹く。

毒ガスが風に乗って広がってゆく。

戦場では風下の兵士たちが、鉄条網が絡まる地上で、泥濘《ぬかる》む塹壕の底で、喉を掻きむしり、血を吐き、失明しながら、死んでいた。


「最後の挨拶」の終わり、ホームズはワトスンに向かってこう語る。

「今まで、イングランドの地には吹きつけたこともないような強烈な風だ。本当に冷たくて、厳しい風だから、ワトスン、ぼくたちのうち、どれくらいたくさんの人間が死んでしまうかわからない。でも、これも、神の思し召しがあって送られてきた風には違いない。」

オーウェン・ダドリー・エドワーズの注には、こう書かれている。

「この一節は、ホームズとワトスンも、第一次世界大戦の犠牲となり得るかもしれないことを示唆するものと言えよう。」

実際、第一次世界大戦では大量の死者が出た。ドイル自身も、弟のイネス・ドイルを、息子のキングスリー・ドイルを、ともに戦争で失うことになる。

やがてドイルは心霊主義に熱中してゆく。

＋

夜中になってようやくリブロは電話で母と話をした。

あの地震でも、家の本は、ただの一冊も落ちなかったという。

本が天井までぎっしりと積み上げられ、柱のかわりになっていたためらしい。それにもとから落ちている本は、そもそも落ちたままにしているのだから、ということだった。

リブロが感心すると、耳元で電話の向こうの母が言った。

初歩的《イッツ　エレメンタリー》なことだよ。

＋

翌日は土曜日だったので、リブロはひとり布団の上でテレビとネットを見続けて過ごした。

余震が続き、携帯電話のゆれくるコールの警告音が幾度も鳴った。そのたびに、隣のアパートの部屋からも、その不穏な音が響いて聞こえた。

午後になってスーパーマーケットへ行くと、棚は空だった。

ネットでBBCが放送していた原子力発電所が爆発している映像を観た。くすんだ青色の空のもとで、大きく白い煙が立ち昇っていた。

映像は拡大しすぎているせいで、全体的に歪み、霧がかかったように白く見えた。

ニュースで映し出される地図には東京電力福島第一原子力発電所を中心にした円が描かれた。

２km圏内、３km圏内、10km圏内、20km圏内。

夜になるまでに、20㎞圏内に避難指示が出されていた。

風が吹く。

放射性物質が風に乗って広がってゆく。


週明けからリブロもまたオフィスに出社した。半分以上の社員が出社していた。派遣の三上さんも出社していた。正直、子どもを連れて西へ逃げたいけど金がないから無理だしね、と笑ってエクセルを立ち上げていた。

東京でも計画停電が行われることになっていて、リブロのアパートがある地域も計画予定地域になっていた。

テレビからはCMがなくなっていて、「あいさつの魔法。」という公共広告機構の広告ばかりが繰り返し放送されていた。

こんばんワニ
さよならライオン
ポポポポーン
南向きの風が、やがて北西にかわる。
森のうえに、街のうえに、人のうえに、放射性物質が降る。
アパートの隣の部屋の人は、窓の隙間を半透明のゴミ袋で目張りしていた。

リブロも水道水を汲み置くことにした。二日間は置いてから、それを飲む。そうすると水道水に混ざっているかもしれない半減期の短い放射性物質がなくなるから。降下した放射性物質は、これから先、何年も、何十年も、ものによっては、何百年も、何千年、何万年も残るかもしれないと、コメンテーターが言っていた。

リブロはスーパーで放射性物質検査済みのシールが貼られた舞茸パックを買う。ビニール袋にそれを詰めて外へ出ると、道行く人がみんなマスクをつけている。

リブロは夢想する。

いま生きている人間たちがひとり残らず死んでもなお、この世界に残り続ける存在を。

何百年、何千年、何万年も消えない、目には見えない光のことを。

その光に全てが刻まれればいい。

この世に生きるひとりひとりの生が。

全てのものたちが。

あまりに多くのものが失われ、あまりにも長く残り続けるものが、ここにはあった。

ゆっくりとあたりを見回す。

川沿いには一面に桜の花が咲いていた。
春だった。
電力制限のためあらゆる電気が消えていて、昼間でもあたりはどこか薄暗かった。
自動販売機もライトが消えて、モノリスみたいに見えた。
死んでしまった父の誕生日が近い。

事件簿

父が死んでから十年が経った。

この頃になってようやくリブロは、父が死んだ、ということを口にできるようになった。それまでは、どうしてもそれを言葉にできなかった。

ごく短いたったひと言なのに。

やがて二十年、三十年すれば、また言葉にできることもあるのだろうか。あるいはやっぱり、死ぬまで言葉にできないこともあるかもしれない、とも思う。

けれどいったい、どれだけの言葉を尽くせば、ひとりの人間を、そこに刻まれたものたちを、回復することができるだろう。

ひとりが生まれてからこれまで、見た光景を、聞いた声を、話した言葉を、触れたものたちを。

リブロは時折もう父の顔さえうまく思い出せない。

けれど十年で何もかもを忘れ、何もかもが片付き、全てを時効にするなら、スコットランドヤードもいらないだろう。

十年目、二〇二〇年の父の命日は、イグナチオ教会へのお参りも家族の集まりも、取りやめになった。

春からウイルスが流行し、自粛が続いていたからである。

夏に行われる予定だった東京オリンピックのマスコットキャラクターを配した鮮やかなピンクとブルーに彩られたラッピングバスだけが、開催延期が決まった東京の街を走り続けていた。市松模様のオリンピックエンブレムの下にはTOKYO2020の文字。

その夜、それぞれの家からLINE通話だけをした。

久々に見た母のLINEアイコンは、ベネディクト・カンバーバッチの顔写真になっていた。

リブロも姉たちもビデオ通話をオンにしていたが、なぜか母だけはうまくビデオ通話ができず、みんながそのアイコンに向かって喋るような格好になった。

アジサイが尤もらしい言い訳をする。

まあ、法事だったら、七回忌の次は十三回忌なわけだから。

モモが大真面目な顔で言う。

ママがコロナに罹って死んだら元も子もない。

ユズも何度も頷く。

そう。そう。パパもそれじゃあ、浮かばれない。

かわるがわる画面越しに、いま、カンバーバッチならぬ、シャーロックになった母を慰めた。


しばらくの間、それぞれが近況を述べあった。

モモは病院勤務を辞め、訪問看護の仕事を始めた。

アジサイは娘が就職したので、コロナが明けたら旅行へ行こうと思っている。

ユズはまた化粧品販売の仕事を始めることにした。

リブロだけはあい変わらず。

けれどこの十年で、いろいろなことが変わった。

そう、LINEだって十年前にはだれも使っていなかったのだから。

母も今となってはiPhoneを使いこなし、Twitterだってやっている。

モモが言った。

それにしてもリブロがもう四十歳過ぎてるなんて、信じられる⁉

アジサイとユズが口を揃える。

そりゃあ、わたしたちも年を取るわけよ。

かつてあったものたちが去り、忘れられてゆく。

新しいものたちが、その隙間を、埋めてゆく。

これじゃあもう、わたしたち「若草姉妹」じゃなくて、「枯草姉妹」じゃない。

枯草もなかなか、悪くないって。

来年はきっと、みんなで集まれるかな。

パパの誕生日には、きっと集まれるといい。

「ワトスン」

その日は日曜日で、朝からずっと雨だった。

「人生というのは、人間の頭で考えつく、いかなるものよりも、はるかにふしぎなものだね。」

北東の風が吹いていた。

＋

この十年の間に、『シャーロック・ホームズ全集』は文庫化された。

二〇一四年三月から刊行がはじまり、十月には全巻が書店に並んだ。

文庫版によせての訳者の言葉は、ごく短いものだった。

このたび念願の「オックスフォード大学出版の注・解説付　シャーロック・ホームズ全集」の文庫化が実現し非常に嬉しく思います。

一番最後に、母の名前だけが書き記された。

＋

リブロは散らかった部屋の真ん中にひとり寝転んだまま、左手の指先をゆっくりと動かす。

布団はむかしとおなじギンガムチェック模様のせんべい布団だ。

指先の中へ、目に見えないものたちが、光が、吸い込まれてゆく。

リブロの身体の中へ入りこむ。

あたりには深くて白い霧がたちこめはじめる。

そこでは、もうとっくのむかしに死んでしまった人たちが、みんな生きていた。

リブロの目の前、ここに、生きていた。

十一年目の春が、もうすぐやってくる。

引用参考文献

『シャーロック・ホームズ：ガス燈に浮かぶその生涯』
W・S・ベアリング＝グールド著
小林司・東山あかね訳　河出書房新社

『シャーロック＝ホームズ全集』
コナン＝ドイル著
各務三郎・中上守・内田庶・中尾明・平賀悦子・沢田洋太郎・
大村美根子・青木日出夫・常盤新平・福島正実・矢野浩三郎他訳　偕成社

『ホームズは名探偵　1〜12』
コナン・ドイル著　小林司・東山あかね訳　金の星社（後にフォア文庫）

『シャーロック・ホームズ全集　1〜9』
アーサー・コナン・ドイル著　小林司・東山あかね訳
オーウェン・ダドリー・エドワーズ他注・解説　高田寛訳
河出書房新社

『シャーロック・ホームズへの旅　2』
小林司・東山あかね著　東京書籍

『名探偵　シャーロック・ホームズ事典』
日本シャーロック・ホームズ・クラブ監修・執筆　くもん出版

『正しく覚えられるエスペラント入門』石黒修著　太陽堂

※72頁、石黒修『正しく覚えられるエスペラント入門』の
引用の一部で受けのパーレン（丸括弧）が欠けているのは原著の通りです。

交　霊

この女はイカサマだ。

彼女はひとりごちた。

女の年は幾つくらいだろうか。口元の皺や顎のたるみからすれば五十歳近くだろう。袖に大きなパフがついたブラウス、黒のタックがきいたロングスカート。如何にも地味な格好をしている。コルセットを無理やりきつく締めているせいで、胸のくるみボタンがいまにもはちきれそうで目立ってみえた。

女の名前はエウサピア・パラディーノ。

イタリアからやってきた女霊媒師。

女霊媒師は木製の椅子に腰掛けたまま、じっと押し黙っている。

両方の手をわざわざテーブルの上で広げ、どうやらそこにはなんの細工もないことを強調しているらしい。

ガスランプの明かりは薄暗かったが、それでもその手の甲に浮き出す血管の一本一本まではっきり見えた。

その周りを、髭を生やしウール製の黒いテールコートを着た男たちが取り囲んでいる。

シャルル・リシェと名乗る男――ソルボンヌ大学だかどこだかの生理学教授――が長々と前口上を述べる。

みなさま本日お集まりいただきましたのは、このエウサピア・パラディーノ女史による交霊を科学的に検証する実験のためであります。

彼女は鼻を鳴らせるものなら、ふんと鳴らしていたことだろう。

馬鹿馬鹿しい。

男は、死者との交信もまた科学で解明できるものに違いないと考えていると断言した。

偉大な化学者ウィリアム・クルックスも、心霊術もまた科学的なもののひとつだと公言しています。

交霊は科学分野においても今後ますます重大な役割を担ってゆくことになるでしょう。

カーテンには尺取虫が這っていた。

絨毯にはタバコが落ちてついたであろう焼け跡が三つ。

どうやらいまこの部屋には、有名な科学者たちが呼び集められているらしかった。

正直、彼女は科学者や大学教授などという職業に、縁もゆかりもなかったので、誰が誰なのかさえさっぱりわからなかったが。

しかしその科学者たちの中にいるグレーの目をしたひとりの女のことだけは、彼女たりとも知っていた。

女の名前はマリ・キュリー。

何年か前エッチングで描かれたその顔が雑誌に載っていたのを見せられたことがあったのだ。まあ、実物はイラストよりもずっと老けて見えたが。そもそも髪はちゃんと梳かしていないようだし、手や指は火傷の傷だらけで痛々しいし。

これがノーベル賞だかなんだかを受賞した女か。

とはいえ、そんな賞――〝死の商人〟アルフレッド・ノーベルの遺言により創設された――、彼女はその名前さえ知りもしなかったし興味もなかった。その女が成し遂げたという偉大な研究――新元素ラジウムの発見、放射能という目に見えないものの探求――の話もさっぱりわからなかった。

ただ、その女が手にしたという賞金というやつを教えてもらったときだけは彼女も腰が抜けそうになった。

それは彼女が一生涯どんなにがんばっても拝むことさえできなそうな金額だったから。

彼女は読み書きをするのさえやっとのこと。借金の不安はあっても大金を手にすることなど、悪事でも働かない限りありえない。

しかしその女は、自分とおなじ女であった。

彼女には、まるで女が、自分とは別世界に生きているとしか、思えなかった。

実のところ、おなじパリの街に住んでいるらしかったが。

きっと自分はそんな女とたとえ一瞬でも交わることはないだろう。

ちょうど自分が死ぬまでそんな幸運に巡り合うことがないように。

彼女はそう考えた。

ところがである。

その女と、いま、ここでこうして、おなじ部屋に居合わせることになろうとは。人生とは、皮肉なものだ。

とはいえ、その女の目には、彼女の姿など見えてはいないのだったが。

彼女はすでに死んでいたから。

女霊媒師は両手をテーブルの上に載せたまま、目を大きく見開いた。

周りの男たちはそれを巨大な写真機で撮影したり、メモを取って大真面目に観察したりしている。

彼女はもはや憤りよりも笑いがこみあげてくる。

何が霊媒だ。

わたしがここにいることにさえ気づかない。

この部屋へやって来ることを決めたとき、彼女は淡い期待を抱いたのだ。

ひょっとしたら霊媒師というやつが、そこにいるだれかが、わたしの姿を、見つけてくれるかもしれない。

わたしの声を、聞いてくれるかもしれない。

鏡にも映らなければ、自分自身にさえ見えない自分の姿が、果たして他人の目や写真なんかにはどんな風に見えるのかと、気を揉みさえした。

ひょっとして脳みそが飛び出したままの格好だったらどうしよう。

生きている人たちを怖がらせてしまったりしないだろうか。

いっそうのこと死んだときの姿なんかでなく、若い頃の姿だったらいい。それから彼女は自らの人生を走馬灯の如く振り返ってみたのだったが、幼少時代からいずれの時代もぱっとしないのだった。

まあ、容姿はともかく、せめてドレスくらいはまともなものを、と心持ちを改めたところでそもそも霊というのは洋服を着ているものなのだろうか、という根本的な疑問にぶちあたった。

まさか裸だったら。

想像しただけで赤面しそうだったが、無論赤くなる顔は見えないのであった。

しかしそんな心配事は全て杞憂であった。

だれひとりとして、彼女の存在、気配にさえ、気づかないのだから。

馬鹿馬鹿しい。

もう一度罵りの言葉を吐きながら、彼女は絶望した。

彼女は孤独だった。

生きていたときも孤独だったが、死んでも孤独だった。

いつだってその人生は無視されどおしだ。

親からも、兄弟からも、友人からも、嫌々結婚した夫からも、自分が産んだ息子からさえ。

しかし死んでなお無視され続け、霊になってなおその孤独が続くと知ったときの落胆。

その声を聞いてもらえることなど永遠に――まさにその字義通りに――ないのかもしれない。

相当堪《こた》える。

そんな折、彼女は有名な女霊媒師がこの街で交霊会を催すという噂を聞きつけたのだった。

だれかほかの霊の仲間にも会えるかもしれない。彼女は墓場や病院へまで出かけていったが他の霊と会ったことさえ一度もなかったのだ。

想像しただけで、ありもしない胸が躍った。

とはいえ恐ろしい霊なら御免だ。呪われたり、悲惨なめに遭うのは勘弁してほしい。いやいや、しかしそんなでも無限にひとりきりよりはましかもしれない、と考えさえした。

そうして遥々路面電車を乗り継ぎこの部屋へやってきたのだ。

惨めだった。

僅かでも期待を抱いた自分が腹立たしい。

彼女がもはや存在しない歯を食いしばった、そのときのことだった。

部屋の中にどよめきが起こった。

彼女ははっとして男たちの方を見遣る。

しかし男たちが見つめていたのは彼女ではなく、テーブルだった。

女霊媒師の目の前で、いま、テーブルからテーブルクロスが剝ぎ取られるようにして宙へ舞い上がっていた。

そこに引きずられるようにしてテーブルそのものも持ち上がってゆく。

物体が空中を浮遊していた。

　霊だ。

　霊が来たぞ。

男たちは口々に叫んでいた。

写真機にはガラス乾板が何度も差し込まれ、マグネシウムのストロボが焚かれて眩く光を放つ。

煙が白く立ち昇る。

何枚もの写真が撮影された。

彼女はあたりを見まわす。

どんな霊がテーブルクロスを引っ張り上げているのか。

女霊媒師は小刻みに震えながら白目を剝いていた。

けれど何も見えなかった。
彼女は懸命に霊を探そうとする。
カーテンを這っていたはずの尺取虫が、女霊媒師の足元へ到達しようとしていた。
テーブルがさらに勢いよく揺れながら浮かびあがる。
女霊媒師は小さく唸り声をあげた。
彼女はテーブルの下へ潜り込む。
女霊媒師は黒い革のブーツを履いて、足を踏ん張っていた。
彼女はインチキを暴いてやろうと、床下まで覗きこんだ。
しかしそれらしい細工はひとつも見つからなかった。
ただ女霊媒師が足を一度踏み鳴らしたその拍子に、尺取虫が踏み潰されただけだった。
彼女は狐につままれたような気持ちになった。
実際、ここには霊がいるというのか。
わたし以外に?!
男たちはしきりに驚嘆していた。
そのうちのひとりが興奮のあまり咥えていたタバコを落とした。
絨毯の焼け跡だけが四つに増えた。

薄暗がりの中で、壁を叩くコツコツというノックの音が響く。

女霊媒師はまだ白目を剝き続けている。

ひとりの男が唸るように声を挙げた。

霊がこちらに向けて信号を送っているんだ。

まさか。

コツコツ　コツコツコツ　コツ　コツ。

男たちはそれがモールス信号なのかあるいは何か別の暗号なのか解明しようと必死になっている。

彼女はその音を聞きながらふと、男たちのなかにいる、あの女を見た。

あの女がどんな風に思うのか、どんな風に振る舞うのか、彼女は知りたかったのだ。馬鹿にしたそぶりを見せるだろうか、あるいは大げさに感動して見せたりするのだろうか。

しかし、あの女はただ虚空を見つめ、じっと耳を澄ませていた。

コツ　コツツ　コツツツ。

彼女は思わず後退る。

そこにはまだ宙を漂い続けているテーブルがあった。

＋

あの女──マリ・キュリー──の家は、パリ13区ケレルマン大通り１０８にあった。

庭つきの一軒家。薄い色の壁紙が貼られた部屋の数々。青緑色のビロードが光沢を放つマホガニーの寝台ソファ《メリディエンヌ》。王政復古様式の椅子たち。家政婦と掃除婦、それからふたりの子どもと子守たち。テーブルにはローストした肉やマッシュポテトが並び、窓辺には花が飾られている。

彼女にとってそれはまごうことなき別世界であった。まあ事実、彼女がいるのは別世界ではあるのだが。

そこには洗ってもなお染みが落ちないベッドも、癇癪を起こしたように泣き叫び続ける子どもも、カビを削るべき堅パンもない。

とはいえ彼女がここへやってきたのは、取り憑いてやろうとかそんなことではなく、単なる好奇心と下世話な下心からであった。

それにそもそも、彼女には居場所などないのであった。行きたい所もなければ、行くべき所もない。

あの交霊会が開かれた部屋にとどまり続けたところで退屈だろうし、あの女霊媒師についてまわったところで仕方がない、という理由でもあった。

というわけであの晩、彼女は女霊媒師のところに居あわせたあの女にくっついて、ここへやってきたのであった。

いまや彼女は、あの女とおなじ部屋に居合わせるどころか、あの女の家そのものにいるのであった。人生とは、皮肉なものだ。

その夫——ピエール・キュリーという科学者でマリの研究パートナーでもある——もあの部屋にいたことには、彼女はあとから気づいた。

その夫は硬そうな口ひげを蓄えた、如何にも温和そうな男だった。上品で身なりもきちんとしていたが、その手にはやはりあちこち火傷の跡があり、リウマチの足を引き摺るせいで、随分年寄りに見えた。

その夫は乗り合い馬車で家へ戻る途中にも、精力的に女霊媒師とその奇妙な体験について喋り続けていた。

ひょっとしたら、我々の放射能の研究や実験にも、霊の研究は役立つかも知れない。

しまいにはノートブックにこう書き記していた。

「個人的な見解だが、ここにはわれわれの概念にはない未知の事実、および空間上の物理状態からなる一大領域が存在している」

＋

彼女は部屋の真ん中で、あの女とその夫が科学について議論しながら夜の営みに励むのをじっと眺めた。

それはもはや、彼女がかつてその目に見たことのない世界だった。

女は殴られなかったし、犯されなかったし、黙らされてもいなかった。

彼女にとってそんな人生は、霊を見るよりもなお驚きであり、発見だった。

喜びの声を漏らすあの女は、ときどき枕元の青白い光を放つ小瓶に手を触れた。

妖精の光。

あの女はそう呼んだ。

実際、それは眩く輝いていた。

しかしそれはただ美しかっただけではない。

彼女に希望を齎《もたら》した。

というのも、妖精の光と呼ばれるそれ——放射性ラジウム——は、かつてはだれの目にも見えず、その存在をだれひとりとして信じなかったらしいから。

だが目に見えなかったそれを、あの女とその夫が三年あまりの年月をかけて取り出し、こうして実際目に見えるようにしてみせたのだという。

目に見えなかったものが、見えるようになる。

やがて霊という存在も、科学者たちの力で目に見えるようになるかもしれない。写真機みたいに霊を映す機械。電話やレコード《ディスク》みたいに霊の声を聞く機械。そんなものだって近く発明されるかもしれない。

その存在が、科学的に証明される日もくるだろう。

ただ家政婦たちだけは、その妖精の光に近づこうとはしなかった。その夫が足を引き摺るのも、あの女が夢遊病になっているのも、みんなあの妖精の光というやつのせいではないか、という噂があったから。

あの女とその夫は、その後も何度か、あの女霊媒師の交霊会へと出かけていった。交霊会での出来事は、トゥルノン街のレストラン「フォワイヨ」で開催された物理学会の友人たちとの夕食会でも熱く語られた。

いつか我々は放射能という謎だけでなく、霊という謎も、解き明かすことになるだろう。

その夫はそう熱弁しさえした。

しかしその翌日、その夫自身が死ぬことになろうとはまだだれも知らないのだった。

＋

パリは朝から雨だった。

あの女が子どもたちを着替えさせているとき、その夫が階下から声を掛ける。

きょうは実験室にくる？

あの女は、階上から答える。

たぶん時間がないわ。

ふたりは仲の良い夫婦であり、最良の研究パートナーであった。しかしだからといって不満がひとつもないわけではない。あの女はその夫が子どもとの時間を大切にしないと漏らしていたし、その夫はかつてのように金はなくとも自由と情熱があった新婚時代を懐かしんでいた。

彼女はふたりのやりとりを聞いた。

あの女の声は、その夫のもとへは届かない。

その夫は、扉を閉める。


その夫が死んだのは、午後のことだった。

ドフィーヌ通りを横切ろうとしたとき辻馬車が突っ込んできた。その夫は引き摺る足で急いで道を渡りきろうとしたものの、その足を滑らせた。そこへ反対側からやってきた馬が衝突した。その夫は地面に倒れ込む。荷馬車が傾き、重い車輪がその頭蓋骨を轢いた。

脳みそが飛び散り、頭蓋骨は十六の破片になった。

あの女にその事故と死が伝えられたのは夕方六時のことだった。

……死んだ?

……ほんとうに死んだの?

彼女はあの女の後ろでその知らせを聞いた。

咄嗟にあたりをみまわした。

テーブルには、あの女とその夫が子どもたちと一緒に出かけたときに摘んだキンポウゲの花が飾られていた。その葉のところどころ茶色く萎れかけているのだけが見えた。

+

あの女はひとり部屋に籠もってノートに書きつける。

――いとしいピエール、あなたのことばかり考えている。際限もなく、頭のなかははち切れそう、神経もおかしくなっている。

あの女はその夫に、その霊に向かって、呼びかけ続ける。

けれどその夫自身があんなにまで信じていた霊は、どこにも現れはしなかった。

あの女は、交霊会へももう出かけない。

夏が近づいたある日、あの女はタンスの中から防水紙にくるまれた包を取り出した。

その中には、その夫が死の際に着ていた服が入っていた。服にはどす黒く変色した血の染みがついている。

あの女はそれを小さく切り刻み、暖炉の火で焼いた。

服の襞を広げたところで、ぬめりとした塊が現れた。

脳みその破片だった。

あの女は、夢中になってそこにキスをするのをやめられない。

――ピエール。ピエール。

あの女は呼び続ける。

けれど、だれもそれには答えない。

+

彼女はそれでもあの女が生き続けるさまを見続けた。

あの家は売り払われ、あの女は子どもたちを連れてパリ郊外のソーにある一軒家へと引越した。

それから数年後、あの女がその夫の弟子である男と不倫するのも、その不倫がバレて新聞や世間から大バッシングを受けるのも、彼女は見た。

ふしだらなユダヤ女と罵られ——実際にはポーランド女なのだが——家に石を投げつけられ、窓ガラスが割れて飛び散った。

彼女があの女のもとに居続けたのは、もはや好奇心や下世話な下心からというわけでもなかった。

いまや彼女は、あの女の家にいるどころか、あの女とおなじなのだから。

いや、あの女が彼女とおなじになったというのが正確だろう。

女の声は彼女の声とおなじく、それを届けたいと願う相手に決して届かない。人生とは、皮肉なものだ。

あの女がノートを広げたまま虚ろに空を見るとき、彼女のもう存在しない胸はひどく痛んだ。

死んだ夫の名前を呼び、語りかけるたび、彼女のもう存在しない目からは涙が溢れた。

彼女はときおりあの女の耳元で囁く。

わたしはここにいるよ。

彼女は生まれてはじめて、この声が届いて欲しいと心底願った。

あんたはひとりぼっちじゃない。

けれど声は届かない。

何も聞こえない。

＋

やがて、あの女も死んだ。

最期はサンセルモスの療養所《サナトリウム》だった。死体はソーの墓地に埋葬され、その夫の棺の上に安置された。

彼女はあたりを見まわした。

掘り返したばかりの土の上で体が千切れたミミズが一匹死にかけていたのが見えた

だけだった。

何も見えない。

妖精の光が、放射能が、あの女の寿命を縮めたと新聞でも噂されていた。

あの女霊媒師——エウサピア・パラディーノ——は、アメリカで開催された交霊会でハメられインチキを暴かれたらしい。

女霊媒師はしかしそれを認めてこう答えたという。

交霊を信じない人がひとりでもいる場所では、インチキを使うこともある。

＋

それからもう彼女は、あの女の家には戻らなかった。

パリの街を出てあちこち旅してまわった。

その姿を見られることも、その声を聞かれることもないまま、半世紀以上の年月が過ぎた。

あの女とその夫がパリのパンテオンに偉人として祀られたというのを、彼女はテレビのニュースで知った。

カサブランカの街を一望するホテルの一室で、彼女は巨大な黒い塊——ブラウン管のテレビ画面――を食い入るように見つめていた。

あの女とその夫の棺はソーの墓から掘り起こされ、埋葬しなおされたという。

こちらがパリ5区にありますパンテオンです。

地上ではいまなお地球の自転にあわせて揺れる振り子が揺れ続けています。

その地下のクリプトでは、ルソーやデカルトはじめフランス国家に功績のあった人物たちが眠っているのです。

偉大な女性科学者マリ・キュリーは、そこに祀られる、初の女性になります。

彼女はテレビ画面を覗きこむ。

その石造りの薄暗い墓にミミズがいるのかどうかさえよく見えなかった。

馬鹿馬鹿しい。

もしも霊の声を聞く機械が発明されていたならば、彼女の罵り声がこの部屋じゅうに響いたことだろう。

けれど実際には、時たま裏通りを彷徨《うろつ》く猫が時々毛を逆立てただけだった。

やがてテレビは薄いＬＥＤに変化し、インターネットが普及し、携帯電話が小さくなった。

いまや、誰もが手のなかに小さく光り輝く液晶を握りしめ、どこかのだれかと交信し続けていた。

しかし未だ霊という存在が科学的に証明される日はやってきはしなかった。

写真機みたいに霊を映す機械も、電話やレコード《ディスク》みたいに霊の声を聞く機械も、発明されはしなかった。

霊との交信など、もはやオカルトかお笑いだった。

＋

そうして長らく無視され続けた霊という存在に、突如光があたったのはさらに半世紀も経たないうちのことだった。

霊の声に接続する機械が日本の東京で発明されたらしい。

彼女はそのニュースをニューカレドニア島のビーチサイドで、リゾート客のスマートフォンの中に見た。

日本の東京在住、DTM《デスクトップミュージック》アーティストとしても名を知られるカバヤマ・アイは自作のラップトップ制作の途中、機械をインターネットに接続するはずが、偶然にも霊の声に接続してしまった。

その機械は「交霊1号」と名づけられた。

見出しにはそう書かれていたが、はじめは彼女さえもそれがLe Gorafiかなにかのフェイクニュースかと思ったほどだった。

詳細な記事では、カバヤマ・アイは義務教育を受けていないがYouTubeやオンラインのコンテンツで物理学を独学、ネット上ではMITやアルゴンヌ研究所などの研究員からも一目置かれる存在だった。しかし、二十歳になってからDTMに目覚め転向、アンダーグラウンドではそれなりに名を知られた存在だった、ということだった。

ニュース動画では「交霊1号」とシンセサイザーやぬいぐるみたちが渾然一体となって並ぶ部屋で、日本語でインタビューに答えるカバヤマ・アイの姿が映し出されていた。おかっぱの髪の毛先だけを青く染め、首にはシルバーのヘッドフォンをぶら下げている。細い目の下には隈があり、表情ひとつ変えずに喋り続ける本人がまるで幽霊みたいに見えた。

とはいえ、彼女とて自分の姿さえ見たことがないのだから、あくまでそれもイメージに過ぎないのであったが。

フランス語に吹き替えられたカバヤマ・アイ曰く。

はじめは、わたしもそれが霊の声だとは、にわかに信じられませんでした。友だちを呼んでも、友だちもそれを信じようとはしませんでした。それに日本では夏といえばお盆——先祖や死者の精霊を迎える時期——や怪談話の季節ですから。

確かにわたしの家にはキュウリやナスで作った精霊馬が飾られていましたし、わたしは「攻殻機動隊」とか「エクソシスト」とかクラシックなSFやホラーものも好きでしたから。けれど、何度も実験を繰り返すうち、わたしたちは、この信じがたいことを信じなければいけない、未知を否定せず受け入れなければならない、と思ったんです。だって、現実に、ここから霊の声が聞こえるんですから。

最後にアナウンサーがこう尋ねた。

日本では霊やモノノケなどが身近だと聞きます。フランスでも幽霊譚の伝統があります。今後、それぞれの社会では霊を受け入れてゆくことができると思いますか?

まさか。

実のところ、それを日本語で聞くとその口調はもっと刺々しく乱暴で素っ気ないものだったが、彼女はそれを知らない。

この大発見はSNSでまたたく間に世界へ広がった。

それはどこか19世紀末にX線が発見されたときを思わせた。未知数Xを冠したX線。そのX線なるものを照射すると、身体の中にあるはずの骨までが写真乾板に映し出されるという不思議。彼女は勿論のこと、科学者たちでさえX線という存在や原理を理解はできなかった。けれど、だれもがそれをこの目に見たのだ。

それはまるで奇術のようだった。

実際、大型の写真機を抱えてまわっていたヴィルヘルム・コンラート・レントゲンと、ヘッドフォンを首にぶら下げているカバヤマ・アイが比較され、レントゲンが世界を変えたように、カバヤマも生を変えることになるだろう、とネットでも賞賛されていた。

それだけではない。X線の発見とともに婦人たちがX線でスカートの下を覗き見られることを心底心配し怯えたように、「交霊1号」の完成とともに女たちは霊にまでストーキングされたりレイプされることを恐れて震えあがったのだから、なおさらだ。

彼女はそのニュースのひとつひとつを観光客たちのスマートフォンの中にくまなく読んでまわった。

彼女が死んでから一世紀以上の年月が経っていた。

これまでだれひとり彼女の声を聞くものもなかったのだ。

その声がだれかに届く。

彼女は晴れ渡る空と白いビーチの真ん中で立ちすくんだまま、ありもしない身体を震わせた。

わたしはここにいるよ。

声をかぎりに叫んだ。

この喜びをだれでもいいから伝えたかった。

彼女はあたりを見まわす。

ビーチパラソルの下に、まだ肉が残ったままのフライドチキンの骨が紙皿の上に置かれ、そこに蠅がとまろうとしているのだけが見えた。

＋

彼女は遥々飛行機を乗り継ぎ、東京へまでやってきた。

「交霊1号」が果たしてどのような仕組みで霊と接続するのか不明だったが、そこに少しでも近づけば見つけてもらいやすくなるかもしれないと考えたのだ。

彼女は自分自身にさえ聞こえない自分の声が、果たして他人の耳にはどんな風に響くのかと、気を揉みさえした。

失礼になったり、怖がらせたりしないように喋らなくては。

自動翻訳機能はちゃんと作動してくれるだろうか。

彼女は東京、三田にある大学キャンパスの小さな教室の真ん中で、その日を待った。

日本では幾つかの大学が参加し、霊に対する調査研究がはじまっていた。なかでも、そのキャンパスではカバヤマ・アイ本人まで招き、本格的な研究会が立ち上げられていると聞いたから。

後に、その大学はかつて科学者アルベルト・アインシュタイン――あの女、マリ・キュリーと仲が良かった――が来日した際、はじめての講演会を行った場所であると知り、彼女は運命的なものさえ感じたのだった。

彼女はその教室の隅に、あの液晶越しに見たカバヤマ・アイの姿を見さえした。実物は動画で見るよりずっと背が低くて小さくて、吹き替えになっていない声も酷く低かった。けれど、やはり首にはヘッドフォンをぶら下げたその姿が、幽霊みたいであることに変わりはなかった。

灰色のプラスチック製の机の上には小さな「交霊1号」が鎮座していた。

その周りを、髭のない灰色のスーツを着た男たちが取り囲んでいる。

そのうちのひとりの男が、長々と前口上を述べている。

彼女には日本語がわからなかったので、何を言っているのか、彼の名前さえもわからなかった。いずれにしても、科学者か文化人類学者か何かの教授なのだろう。

その後ろには学生と思しき若い男と女が二人ずつ小型のビデオカメラとスマート

フォンを手に控えている。

カバヤマ・アイはただ無愛想に頭を下げると、「交霊1号」を起動してみせた。

沈黙。

彼女は息を呑む。

小さく声を出してみる。

機械からは何の声も聞こえない。

沈黙。

その声が聞こえるまでに、数分の時間がかかった。

彼女ではない、だれかべつの霊の声だった。

彼女の存在しない胸が張り裂けそうになる。

声は低い男の声だった。はじめその声は彼女の知らない言葉を喋っていたが、それがすぐに日本語に自動翻訳されはじめる。まるで機械そのものが喋っているかのようだった。

彼女はあたりを見まわす。

カーテンには尺取虫が這っていた。

彼女はそんな光景をもうずっとむかしにも見たことを思い出した。

けれどリノリウムの床には燃え跡ひとつなかった。

いまは電子タバコでさえもはや決まった場所でしか吸えないのだ。

＋

「交霊1号」に続き「交霊2号」「交霊3号」と改良が重ねられ、ついには「交霊α」の大量生産がはじまった。

発売とともにかつての歴史が書き換えられることになるだろうと謳われた。

カバヤマ・アイはこれまで聞こえなかった霊の声を聞こえるようにしたおかげで一財産を築いたという。

彼女はそのニュースを、教室へやって来た留学生のスマートフォンの中に見た。

世界のあちこちで霊の声にまつわるビジネスが立ち上げられている。

大勢がこぞって有名人の霊を探してまわり、一攫千金を夢に見た。それはちょうど金やウラン鉱石を掘り当てるのにも似て、ゴールド・ラッシュならぬゴースト・ラッシュと命名された。

「ジョン・レノン死後初のシングル」だとか「911テロリストたち独占告白」が一世を風靡し、それに続く嘘とも本当ともつかない怪しげな有象無象が、次々発表されては大金を生み出してゆく。

この小さな教室の中にもポータブルの「交霊α」は何台も持ち込まれ、学生たちのスマートフォンからはジョン・レノンの新曲が流れ出た。

彼女は待った。

待ち続けた。

自分が接続される日を。

自分の声が聞かれる日を。

ひょっとしたらあの女――マリ・キュリー――はもうだれかに見つけられただろうか。

あの女ならきっと金になるだろう。

そう考えた瞬間、嫉妬と絶望が入り混じった虚しさだけが募った。

そもそも生きているときでさえ彼女の声は聞かれることがなかったのだ。死んだからといってその声が聞かれるわけもないのだ。

彼女はわっと泣き出したかったが、もう自分の目がどこにあったのか、そこからどうやって涙が出るのかを、思い出せない。

霊に対する調査研究費が打ち切られはじめたのは、カバヤマ・アイがマンションから飛び降り自ら命を断ってからほどなくしてのことだった。

幽霊みたいだったカバヤマ・アイは遂に本物の霊になったのだった。勿論、カバヤマ・アイを探し当てようとゴースト・ラッシュの坑夫たちが夢中になったのは言うまでもない。

その死は、霊の呪いだとか、祟りだとか、ＳＮＳでも噂されている。

彼女は学生たちが教室で話しているのを――その頃には彼女も日本語がだいたいわかるようになっていた――聞いた。

交霊が若者に及ぼす影響や、自殺の増加が懸念され、反対を唱える団体の署名活動やハッシュタグも幾つもできている。

研究者のうちにも交霊の危険性を訴えるものがいる。

ひとたび霊がスパイになれば、国家機密がテロ組織に売り渡される日も近いだろう。核爆弾や原発を狙ったテロもたやすく起きることになる。

何が恐ろしいかといえば、霊はなから死んでいるのだから、殺そうにも殺せない。

日本の「交霊α」をはじめとする交霊シリーズが一斉に発売中止になったのは、それから何年も経たないうちのことだった。表向きは業績不振だったが、アメリカ大統領と霊の間で密約が取り交わされたのだとか、怪しげな陰謀論や噂話がいくつも飛び交った。

ただ実際、交霊ブームは過ぎ去りつつあった。

ラジウム温泉の健康ブームやなにかとおなじようにして、忘れ去られようとしていた。

生きている人間は、いちいち死んだ人間の声をいつまでも聞き続けるほど、暇ではなかったのかもしれない。どのみちこの世界では、生きている人間の声さえまともに聞かれやしないのだから。

＋

それでも彼女は待った。

小さな教室の真ん中で待ち続けた。

それにそもそも、彼女には居場所などないのであった。

行きたい所もなければ、行くべき所もない。

彼女はひたすら待った。

もはや交霊が完全な流行遅れになった頃、五、六人の学生たちが、中古の「交霊

β」の改造品や中国製の「降神z」――擬物だが本物よりも性能が良い――を手に放課後の教室に集まるようになった。

教室の電気はわざわざ消され、懐中電灯が灯された。

まるでウィジャボード――日本語でいうところのこっくりさん――をするかのような怖いもの見たさの雰囲気だ。

はじめて霊に接続されたときには、全員が歓声とも悲鳴ともつかない声をあげた。

ちなみにその時も、やはり彼女に接続されることはなかったのだが。

いまや霊は見世物だった。

ついには、ひとりの男子学生が自分の恋愛の行方を霊に相談しはじめ、霊もまた気がいいのか弱いのか馬鹿丁寧にそれに答えていた。彼女は呆れるのを通り越して声を立てて何度も笑った。

馬鹿馬鹿しい。

けれどこんな学生たちでもいい。

彼女は声を聞いて欲しかった。彼女はもはや存在しない歯を食いしばった。なんなら、恋愛の相談に乗ってやるのも構わない。

彼女は待った。

待ち続けた。

そこに集まっていた女学生のうちのひとりが、私の母である。

母の話によれば、その交霊サークルに参加したのは、死んだばかりの母の母、つまり私の祖母にあたる人の霊と話したかったから、という理由らしい。

だが、母が祖母と交霊できるような機会は巡ってこなかった。そうして母は霊と交信するよりさきに、そのサークルにいた男学生と交わったのだった。そうして、できたのが私である。

残念なのは、その男学生は霊には関心があったが、母には関心がなかったことだった。

結局、母は学業を諦め大学を中退、東京を離れて長野の田舎へ帰り、私をひとりで育てることになった。

男学生は、慰謝料のつもりか、死んでから私に会いにでも来るつもりだったのか、田舎へ帰る母に「降神z」を一台無理やり持たせた。

母はそれを素直に喜んだ。

そうして地元で働きながら子育てをする忙しい日々の中、気づけば母の唯一の話し相手は霊だけになっていた。あの頃から母はもうすでに、棺桶ならぬ霊界に片足を突っ込んでいたのかもしれない。比喩ではなしに。

真夜中、私がハローキティのカバーつきの布団の中で目を覚ますと、キッチンの方からは、母がだれかと話す声が小さく響いて聞こえた。大概それは丑三つ時であったが、不思議と怖くはなかった。私は母の声と機械翻訳された霊の声を聞きながら、壁の染みを数えた。

母が死んだのは、私が高校を卒業して、車で三十分ほど離れた場所にあるアパートに暮らしはじめたばかりのときのことだった。私はちょうど妊娠していて、悪阻《つわり》も酷く、はじめたばかりの仕事も忙しい最中のことだった。

葬式を全て葬儀屋に任せたら、母は白装束を着せられ、胸元には三途の川を渡るための金を忍ばせられていて、滑稽だった。死んだ母に必要なのは「降神z」だろうが、棺桶に金属製品を入れると窯が傷むということで諦めざるをえなかった。

夏なので遺体が傷むとドライアイスの代金を追加で請求された。

骨壺を抱えて戻った部屋の玄関でお祓いの塩を撒きながら、私自身一体全体何を祓おうとしているのかわからなかった。まあ、そもそも塩で消えるのは霊なんかではなくナメクジくらいだろうけれど。

週末ごとに、もう母がいない母の家を片付けた。大した荷物は残っていなかったが、クラウドデータの整理をしていたら膨大な数の音声ファイルが見つかった。

それは母がひたすら録音していた霊の声のデータだった。

幾つか再生してみると、それぞれ別の霊の機械翻訳された声があった。

果たして、何のために母は霊の声を集め、録音していたのかは、わからない。どこかに発表でもするつもりだったのだろうか。

まあ「降神z」で母を見つけ出して交信すれば、直接母に尋ねることもできたのかもしれないが。

母がいない母の家からの帰り道、私は車を運転しながらダウンロードした音声ファイルを聞いた。悪阻で吐きそうだったし、何かをかけていないと、夜道で眠ってしまいそうだったから。

幾つかのデータを早送りしたりスキップしたりするうちに、女の声が響いた。

車のスピーカーから機械翻訳された霊の声が流れ出る。

声が言った。

この女はイカサマだ。

アパートの前の真っ暗な駐車場に車を停めてなお、私はその話を聞き続けた。

それが後年、私がここに書き記すことになる、彼女の話である。

ひょっとしたら、その時の私には、下心もあったのかもしれない。マリ・キュリーという有名人が出てくるから、ゴースト・ラッシュ的にも高値で売ることができるかも知れない。とはいえ、彼女が語るマリ・キュリー像はその伝記以上でも以下でもなかったので、実際売ろうとしたところで、何の値段もつかなかったのだろうけれど。

それから眩しい朝日が昇るまで、私は車の中で霊たちの声を聞き続けた。時折その録音には、母が質問したり相槌を打ったりする声も入っていて、それを聞いたら母ももういまは霊なのだとはじめて実感して、少しだけ泣いた。

＋

今、母が死んだ年をとうに追い越した私は、あのときに聞いた、彼女の話を、霊たちの話を、こうしてテキストに書き起こすことをはじめた。はじめはケアプログラムで写経を勧められたのが、ただ経を書き写すのは退屈だったので、霊の話を書き写すことにしたのだ。

彼女の話は、できるかぎり正確に、録音で聞いたことを再現したつもりである。とはいえ、もうデータもないので、あちこち細かい部分を確かめようもなく、私の想像で勝手に補った部分や、間違いなどもあるかもしれないが。

というのも、私はこのホームに入所する際、自分のアパートと一緒に母のクラウドデータもみんな処分してしまったのだ。「降神z」はもう動かなかったがネットで売ったら、まあまあの高値で売れた。今どきも、物好きはいるものだ、と思った。

目の前の小さなモニタには文字が並び、カーソルが点滅している。

いま、こうしてここに彼女の話を書き、その声をなぞりなおすことで、私はどこか心の底で安堵する。

そうするときにだけ、ふたたび彼女がこの世界に生きているような気がするから。その瞬間だけは、この目の前に、彼女の姿が見える。彼女の声が聞こえる。彼女に手を触れることができる。

そんな気さえするのだ。

私は大きく息を吸い込む。

両方の手をキーボードの上に広げ、タイプする。

明るい部屋で、いま私は、なんのインチキも、特殊な技能も、機械もなしに、霊と交わっていた。

モニタに新しい文字が、ひとつまたひとつと現れる。

私は彼女と交わっていた。

生と死が、生きたものと死んだものが、交わる。

肉と霊が、交わる。私とあなたが、交わる。

私はいま、生きていたが死んでいた。彼女は、死んでいたが生きていた。

やがて、私もまた死に、生きることになるだろう。

ゆっくりとあたりを見まわす。

初出

「最後の挨拶 His Last Bow」……「群像」2021年４月号
「交霊」……「三田文學」2021年冬季号

小林エリカ

1978年、東京生まれ。作家、マンガ家。
2014年、「マダム・キュリーと朝食を」（集英社）で第27回三島由紀夫賞候補、
第151回芥川龍之介賞候補。小説『トリニティ、トリニティ、トリニティ』（集英社）で
第７回鉄犬ヘテロトピア文学賞受賞。
他の著書に短編集『彼女は鏡の中を覗きこむ』（集英社）、
アンネ・フランクと実父の日記をモチーフにした『親愛なるキティーたちへ』（リトルモア）、
コミック『光の子ども』１～３（リトルモア）など。
主な個展に「最後の挨拶 His Last Bow」（2019年、Yamamoto Keiko Rochaix、ロンドン）、
「野鳥の森 1F」（2019年、Yutaka Kikutake Gallery、東京）、
グループ展に「話しているのは誰？　現代美術に潜む文学」（2019年、国立新美術館、東京）など。

https://erikakobayashi.com

写真＝小林エリカ
“After a Father's Death” 2019
Courtesy of Erika Kobayashi, Yutaka Kikutake Gallery

装幀＝川名 潤

最後《さいご》の挨拶《あいさつ》 His Last Bow

2021年7月5日　第1刷発行

著者　小林《こばやし》エリカ

発行者　鈴木章一

発行所　株式会社講談社

〒112-8001 東京都文京区音羽2-12-21
電話　出版 03-5395-3504　販売 03-5395-5817　業務 03-5395-3615

印刷所　凸版印刷株式会社

製本所　株式会社若林製本工場

KODANSHA

ISBN978-4-06-524060-1